中公文庫

中央公論新社

目　次——駐在日記

プロローグ　9

春　日曜日の電話は、逃亡者　17

梅雨　水曜日の嵐は、窃盗犯　73

夏　金曜日の蛇は、愚か者　133

秋　日曜日の釣りは、身元不明　189

エピローグ　251

主な登場人物

蓑島周平《みのしましゅうへい》　三十歳。神奈川県警松宮警察署雉子宮駐在所勤務。巡査部長。前任地の横浜では刑事だった。妻となった花に静かな暮らしをさせたくて駐在所勤務を希望した。

蓑島《みのしま》　花《はな》　三十二歳。周平の妻。横浜の大学病院の外科医だったが、ある事件で利き腕である右手に重傷を負い、勤務医を辞めた。駐在の妻として生きることを決める。

品川清澄《しながわせいちょう》　五十七歳。歴史ある〈雉子宮神社〉の神主。

品川早稲《しながわわせ》　二十二歳。清澄の一人娘で神社の跡継ぎ。周平と花の良き友人となる。

昭憲《しょうけん》　五十一歳。雉子宮唯一の寺である〈長瀬寺〉の住職。一人暮らし。

高田与次郎《たかだよじろう》　七十二歳。雉子宮で〈村長〉を務めているが正式な役職ではない。

小菅昭《こすがあきら》　十二歳。雉子宮小学校の六年生。駐在所に出入りする読書好きの男の子。

田島美千子《たじまみちこ》　十二歳。雉子宮小学校の六年生。駐在所に出入りする読書好きの女の子。

佐《さ》久《く》間《ま》康《こう》一《いち》　二十九歳。周平の赴任初日に〈雉子宮〉を訪れた男。

田《た》村《むら》良《よし》美《み》　二十八歳。康一の婚約者。

西《にし》川《かわ》民《たみ》蔵《ぞう》　四十七歳。雉子宮で唯一の炭焼き職人。

富《とみ》田《た》哲《てつ》夫《お》　五十一歳。〈雉子宮山小屋〉の主人。

坂《さか》巻《まき》圭《けい》吾《ご》　二十六歳。〈雉子宮山小屋〉で働く若者。富田哲夫の甥。

駐在日記

プロローグ

〈昭和五十年四月五日　土曜日。

神奈川県松宮《かながわけんまつみや》警察署雉子宮《きじみや》駐在所。

今日からここが、私と周平《しゅうへい》さんの新しい住居と職場です。初めての日に、日々のことをこうしてきちんと日記に残していこうと二人で決めました。周平さんは業務として「日報」と呼ぶ日誌を毎晩書くそうです。それで、私も一緒に日記を書くことにしたのです。〉

右手の指は、まだ細かい動きや作業が不自由ですけれど、こうして鉛筆を握ってゆっくりと字を書くぐらいは何とかなります。まるで子供の頃の字のようになってしまうのが歯《は》痒《がゆ》いですけれど、これが日に日に字がきれいになっていけば、励みになるのではないかと思います。

怪我《けが》や欠損《けっそん》などで失われた身体機能を回復させるために、医療従事者が患者に推奨する運動やその活動が、リハビリテーションという言葉で普及してきたのはここ十年ぐらいのことです。私も、まだ外科の研修医として働いていた頃から理解はしていましたけれど、まさか自分の身体《からだ》でそれを実践することになるとは思ってもいませんでした。

〈今日の夜、ザ・ピーナッツが引退公演をしたそうです。さっきラジオでアナウンサーが伝えていました。〉

ザ・ピーナッツ！

周平さんのお母さんは彼女たちがとてもとても大好きで、LPを何枚も持っています。実はお義母《かあ》さんは歌うことやダンスが大好きで、才能さえあれば宝塚《たからづか》に入りたいと若い頃には思っていたそうなんですよ。それを聞かされたときに、そういえば初めて会ったその日も、お義母さんは台所で歌を口ずさんでいたなって思いました。

〈私もザ・ピーナッツは大好きでした。あの二人をもうテレビで観られなくなるというのは、日本の歌謡界にとっても大きな損失ではないかと思います。〉

もっとも、山に囲まれた雉子宮は電波状況が悪くて、テレビの映りが悪いんだそうです。それはちょっと残念だなぁと思いますけど、しょうがないですね。ラジオも雑音混じりでなかなか聴《き》き難《にく》いので、周平さんは性能のいいラジオを買おうか、と言ってました。

でも、雉子宮ではテレビやラジオに負けないくらい、楽しい音がたくさん響くことに、やってきてすぐに気づきました。

駐在所の向い側にある川音川《かわねがわ》からは、その名前の通りに美しいせせらぎが静かに響いてきます。すぐ裏手にある雨山《あめやま》の方からは鳥の声もたくさん聴こえてきます。風が山を渡り庭の木々を揺らし、さやさやと葉擦《はず》れの音が流れてきます。

荷物の片づけをしているときにそういうことに気づいて、どれだけの種類の鳥の声がしているんだろうと数えてみたんですけど、少なくとも四種類の鳥の声が聴こえてきました。

きっともっともっとたくさんいると思います。鳥に全然まったく詳しくないのがちょっと悔しくて、後で鳥の図鑑を調べてみようと思いました。それに、これから夏になり秋になると、虫の声もたくさん聴こえてくるんでしょう。きっともものすごく賑《にぎ》やかになると思います。

今までずっと暮らしてきた横浜では、そんなにたくさんの音が聴こえてきたことはありません。あったのかもしれないけれど、忙しい毎日に鳥の声や虫の声に心を寄せることなんかなかったのだなぁって感じています。

〈明日は日曜日で休日です。駐在所というぐらいだから、一年三百六十五日お休みなどないのかなぁと思っていましたけれど、警察官は公務員。ちゃんとお休みがあって、駐在所も一応は日曜はお休みなんだとか。〉

でも、休みにはならないと思うから覚悟してね、と、周平さんは言っていました。たとえお休みでも駐在所はいつでも開いているものだそうです。誰かがやってきて何かを頼んできたら警察官としてきちんと応えなければならない。業務外のことがあったとしても田舎町《いなかまち》ではどんなことにも応対しなければならないそうです。

それは、全然平気です。私の仕事であった医者だって、休みはあってないようなものでした。

それに、駐在所勤務の夫の妻として、一緒に忙しく働いていた方が気が紛れていいと思います。

〈今日は荷物が届いた後にすぐ、周平さんと二人で雉子宮を歩き回ってきました。もちろん全戸は回り切れませんけれど、村長の役割をしている高田与次郎《たかだよじろう》さんや、「雉子宮神社」の神主《かんぬし》さんである品川清澄《しながわせいちょう》さん、唯一のお寺でありほとんどの人が檀家《だんか》である「長瀬寺《ながせでら》」の住職である昭憲《しょうけん》さんや、駐在所のすぐ裏手にある雉子宮小中学校の先生方に挨拶《あいさつ》してきました。〉

皆さん、笑顔で迎えてくれました。この駐在所に周平さんのような若いお巡りさんがやってくるのは、本当に久しぶりだと神主の清澄さんが仰《おっしゃ》っていました。

ごらんの通りの小さな村落で、悪い人なんかいないし、大きな事件なんかもまるでない。でも、村としての行事はたくさんあって、それにはぜひ参加してもらいたいし、駐在所のすぐ裏の学校からは子供たちもたくさん遊びにくるそうです。子供たちとも仲良くやってくださいよ、と、清澄さんが言っていました。

〈本当に偶然で驚いたのですけど、神主の清澄さんの従兄弟《いとこ》さんが、横浜の、私が勤務していた病院の事務の方だったんです。名前は知らなかったのですけど、写真を見せてもらったらすぐにわかりました。世の中は狭いねぇとお互いに笑っていたのですが、その後に、清澄さんは静かに微笑《ほほえ》んで、事件のことは知っていますよと言っていました。大変でしたね、と。そして、ここでならきっとゆっくり養生できますよ、と優しく励ましてもくれました。〉

右手があまりよく動かないことを、医者でありながら医療行為ができないことをお伝えするのに、どうしようかと思っていた部分もありました。ですが、清澄さんは私が医者であったことは特に皆に教えないでもいいだろうし、怪我で右手が不自由であることだけはそれとなく皆に伝えておきますよ、と言ってくれました。

荷物を整理するのも大変でしょうと、娘さんである早稲《わせ》ちゃんを手伝いに寄越してくれました。

早稲ちゃんは二十二歳。普段は神社でお父さんのお手伝いをしているそうです。とても明るくて元気で可愛《かわい》い女の子で、駐在所にも生まれた頃から出入りしているので勝手知ったる他人の家で、どんどん荷物を片づけたり、慣れない台所での作業の仕方も教えてくれてとても助かりました。

駐在所になっている建物が、実は江戸時代に建てられた問屋家《とんやいえ》というものの一部であって、古くて大きいのには本当に驚きました。

大きな瓦《かわら》屋根の二階建てで横に長くて、時代劇で観るような建物です。玄関入ってすぐが、以前は畳敷きの問屋の荷受け所だったのでしょうけど、そこが駐在所で土間に事務机が二つ並んでいます。上がり口から上がると黒い板の間になっていて、四畳半ほどの広さがあります。その脇の部屋が庭に面した縁側のある和室で、子供たちのための図書室になっているんです。

壁に設《しつら》えられた本棚にはたくさんの本が並んでいて、学校の図書室の分室の役目も果たしています。和室なのでごろごろしながら本を読めるのが素敵だと思います。

医者になるときに小児科を選ぼうかと思っていたぐらいですから、子供は大好きです。今から村の子供たちと遊べるのが楽しみです。

そして、猫たちです。

この駐在所には三匹の猫が寝泊まりしています。

たぶん、十歳ぐらいの茶色のヨネと黒猫のクロ、まだ三歳ぐらいの縞模様《しまもよう》のチビ。ヨネというのは、前任の方のお母様の名前だとか。

農家ではネズミ取りのためにごく普通に猫がいるという話は聞いていましたけど、ここでもやっぱりそうで、この古い家に住み着こうとするネズミ退治のために、昔から猫を飼っているそうなんです。

たくさんの人が出入りする駐在所暮らしのせいか、三匹とも人懐《ひとなつ》こくて、やってきてすぐに私と周平さんに慣れてくれました。今も、チビが私の横で座蒲団《ざぶとん》の上に寝ています。猫は小さい頃に実家で飼っていて大好きなので本当に嬉しいです。

駐在さん、と呼ばれるお巡りさんのお仕事は、今まで横浜で周平さんがやってきた刑事さんとはまるで違うと聞きました。同じお巡りさんなのにこんなにも違うものかと驚くぞと、先輩の方にいろいろ聞いてきたそうです。

〈私も、駐在の妻として、電話番や駐在所の管理などいろいろな仕事があるそうです。それも、今までやってきた医者の仕事とはまるで違うのでしょう。でも、結局は人のため、を考えることだよ、と周平さんが言ってました。私もそう思います。

この雉子宮に住む人たちの暮らしを、安全を守ることを考えて、毎日を過ごしていく。そういう暮らしが、今日から始まったのです。〉

春　日曜日の電話は、逃亡者

〈昭和五十年四月六日　日曜日。

まさか、こんなことが起こるとは夢にも思いませんでした。しかも、こちらにやってきて周平さんが久しぶりに警察官の制服を着たその初日にです。

私は周平さんは勇気と優しさと、そして正義の心を持った人だと思います。でも、周平さんは言います。「優しくはないよ。そして正義の心だけで警察官は勤まらない。僕も、清濁《せいだく》併《あわ》せ呑《の》める男だよ」と。確かにそうでなければ刑事という仕事は勤まらなかったでしょう。駐在所に来てもまだ周平さんは心は刑事なのかもしれません。

でも、私は、周平さんは人を救ったと思います。二人の若者の未来を作ったと。それもまた、警察官としての素晴らしい仕事だと思います。〉

ぱちり、と、音が鳴るように眼が覚めたのが自分でもわかって、身体を捻《ひね》って枕元《まくらもと》の目覚まし時計を見ると、午前六時の五分前でした。

すぐに隣の蒲団《ふとん》の周平さんに顔を向けると、まだすやすやと寝息を立てているのがわかりました。

見る度に思うことですけど、本当に周平さんは寝相が良くて感心します。朝になっても蒲団がほとんど乱れていなくて、本人も真っ直ぐに天井に顔を向けているのです。猫たちも早くもそれに気づいたんでしょう。ヨネとクロが周平さんのちょうどお腹の辺りで眠っていました。チビはどこかと思ったら、私の足下でごそごそと動き出しました。

以前に、刑事時代の同僚の方が冗談にしようと撮った周平さんの寝姿の写真を見て、皆が「ご遺体より寝相が良い」と笑ったのもよくわかります。

いわゆるブラックジョークですけど、警察の人がよくそういう冗談を口にするのは聞いていました。確かに不謹慎ですけど、実は医療の現場でもそうです。医者や看護婦さんの間でも、その手の悪い冗談はよく口をついて出ます。

それは、人間や命というものに深く深く関わらなければならない仕事であるからこその、ガス抜きみたいなものだと思います。

そっと起きて、枕元に置いておいた着替えを持って、寝室にしている座敷から出ました。襖《ふすま》もそうっと閉めて、寝巻のまま向いの自分の部屋に行って着替えました。

まさか、駐在所に住んで自分一人の部屋を持てるとは思いませんでした。この家は本当に広いです。

広過ぎます。

一階部分の八畳間二つを私と周平さんのそれぞれの部屋にあてがっても、まだ二階にある四つの部屋は全部空いているのです。このまま下宿屋を開いた方がいいんじゃないかと思いました。これは毎日の掃除が大変だなぁ、と周平さんが申し訳なさそうに言ってましたけど確かにそうです。

着替えて、まずは台所の脇にある土間の手押しポンプを押して井戸水を汲《く》み上《あ》げてみました。冷たい水が洗面器に溜まります。それで顔を洗うと、水の清冽《せいれつ》さがとてもよくわかって、一気に身体も目覚める気がしました。

「あー、気持ち良い」

昨日から井戸水を使うのを楽しみにしていたんです。

水道ももちろんありますけど、この辺りではまだ井戸水が各戸にあって、普通に使えるんです。もっとも早稲ちゃんの話だともう皆手押しポンプは面倒臭いので水道しか使っていないそうです。でも、夏になっても井戸水は冷たいので、スイカを冷やすのにはちょうどいいとか。

「さて」

朝ご飯の支度です。今日は日曜日でお休みなので、周平さんは本当なら何時に起きてもいいんですけど、赴任早々にそんなことはしていられないので、七時半には起こしてくれと言われています。

昨日の夜には、駐在所での暮らし方を二人で確認しておきました。

平日の朝は六時に起きます。

枕元に着替えはもちろん、周平さんが警察官のブーツまでも置いておくのは、夜中に何かが起こったときにすぐに着替えてそのまま出て行けるようにするためです。

七時半には朝ご飯も支度も終えて、小中学校に登校する生徒たちの見守りです。

横浜みたいに交通量が多いわけではなく、むしろ車などバス以外はほとんどまったく通らないそうですけど、地域の安全確保のために、駐在の重要な役目になっています。私も一緒に見守ることにしました。

それが終わると、今度はパトロールに出ます。山があって坂道も多いのでこの駐在所には警察車両であるジープとオートバイと自転車が配備されています。今日はジープに乗って二人で回ってみようかと考えています。

皆柄下郡雉子宮《みながらしもぐん》は、皆柄下郡田平町《たひらちょう》中心部から山に入ったところの一地区です。その昔は雉子宮村と呼ばれていて、今も住人の皆さんはそう呼ぶことが多いそうです。管轄《かんかつ》としては田平町の管轄であり、町役場もそこにあります。でも、かつての村役場は公民館として存在していて、正式な役職ではありませんが村長さんも毎年雉子宮の住民の中から選んで、お祭りなどの村の行事を取りまとめています。とはいえ、ここ二十年も村長さんは高田与次郎さんのままだそうです。

全戸数は百二十一戸で、住民は昨年の記録では五百十六名。そのほとんどが農家や林業関係の仕事をやっていて、見渡せば茶畑やみかんの木、畑や田圃《たんぼ》が並んでいます。もちろん中には田平町まで出勤する会社員の方も僅《わず》かではありますが、います。

山に囲まれていますから西沢《にしざわ》山系登山の入口にもなっていて、〈雉子宮山小屋〉という登山者向けの簡易宿泊施設がひとつだけあります。

村の中を流れる川音川や中瀬川《なかせがわ》、木根川《きねがわ》という三本の川には、鮎《あゆ》や山女魚《やまめ》や虹鱒《にじます》などの魚もとてもたくさんいて、知る人ぞ知る釣り場になっていて、鍛えられた釣り人たちの集まる場所でもあるそうです。

山あり谷あり川ありで、どう考えても、パトロールひとつするにも体力が必要です。朝ご飯からしっかり食べてもらわなければ。

にゃん、と、チビの声が聞こえてきて足下にじゃれつきました。ふわぁ、と鳴いたのはクロで、ヨネもさっきから竈《かまど》の上にお座りしてこっちを見ています。チビもクロも可愛らしい顔をしているんですけど、ヨネは顔に傷があって貫禄《かんろく》があります。

「ご飯ね。待っててね」

台所の板の間に丸い卓袱台《ちゃぶだい》を置いて、座蒲団を敷いて朝ご飯です。

白いご飯にハムエッグ。お味噌《みそ》汁にはお豆腐とネギ。早稲ちゃんが持ってきてくれた春キャベツと、ちりめんじゃこと干しエビを一緒に炒《いた》めたもの。蕗《ふき》とキャベツのぬか漬けもいただいてしまいました。

右手の指が上手《うま》く動かないことにも慣れてしまって、それなりに手際良くできるようにもなりました。本当なら時間が掛かっても指を動かしながらしなきゃいけないんですけど、朝はしょうがないです。

「いただきます」

「いただきます」

周平さんがご飯を一口ぱくりと食べて、それからぬか漬けの蕗を口に放り込みます。

「へー、蕗のぬか漬けも美味《おい》しいね」

「そうなの」

私も蕗のぬか漬けは初めて食べました。

「何だか赴任早々、いただいてばっかりで恐縮しちゃう」

「うん。でも厚意は素直に受け取っておこう」

寝起きの周平さんは天然パーマのくるくる巻き毛がものすごくなっていて、頭を動かす度にゆらゆら揺れます。櫛《くし》を通すと少しは落ち着くんですけど。

「周りの農家の人たちが、駐在所にけっこういろんなものを持ってきてくれるって話なんだ。夏場なんて野菜は買う必要がないって話らしいよ」

「でも普通は、警察としてはそういうのは受け取れないのよね？」

そうだけどね、って頷《うなず》きます。

「こういう田舎の駐在所は特例だよ。そこの人たちの暮らしに溶け込んでこその駐在だからね」

そう言って、自分でうんうん、と頷きます。

思わず、微笑んでしまいました。ついこの間まで、横浜で刑事として仕事をしていた周平さんとは、身に纏《まと》う空気が全然違います。

「神社の早稲ちゃんがね、慣れるまでお昼とか晩ご飯とか支度を手伝ってくれるって。買い物とかも」

「ありがたいね」

「でも、そうなるとお料理下手《べた》なのは指が動かないせいじゃなくて、もともとなんだってばれちゃうかも」

　周平さんが笑いました。

「それはもう、素直に白状するしかないよね」

　結婚することを報告するために、周平さんと一緒に私の両親に会いに行ったとき、母の第一声が「この子には料理を全然教えてやれなかったの、ごめんね」でした。

　周平さんが辺りを見回します。

「慣れないというか、新鮮だよねこの光景」

「うん」

　台所の板の間のすぐ脇は土間になっていて、そこには今まで現物は見たことがなかった立派な竈《かまど》。もちろんその脇にはタイル張りのちゃんとした現代の洗い場があって、水道もガス台も炊飯器もあるんですけど。

「武士にでもなった気がする」

「着物を着たら似合うわよね」

　何せ本物の江戸時代の建物です。きっとこのまま時代劇の撮影もできるはず。今まで暮らしていた横浜のアパートとは百八十度違うんですから。

「花《はな》さん、これからさ」

「うん」

「暮らしていって、必要なものを思いついたら全部メモしていってよ。たとえばここには卓袱台じゃなくてテーブルを置きたいとかさ」

「うん」

「そうね」

この卓袱台も座蒲団も前任の方が残したものではなくて、一体いつの時代からなのかずっと以前からここにあったものだそうです。座蒲団などはものすごくきれいにつぎはぎがしてあります。慣れ親しんだ自分の蒲団や服は別にして、生活に必要なものはほとんど揃《そろ》っているという話だったのですが、本当に何もかも揃っているんです。

台所用品はもちろん、食器なんかは二十人か三十人ぐらいの宴会ができるのではないかっていうぐらい。それも、中には江戸時代の貴重なものも雑《ま》じっているとか。使わないものは全部新聞紙や布でくるんであるんですけど、それも一年に一回ぐらいは取り換えたり洗ったりした方がいいとか。

その昔、ここは裏街道筋で、近隣諸国への人や荷物の運搬で賑わった辺りだとか。だからこそ、こういう問屋家のようなものがあるんですよね。

「洗い物は僕がするよ」

「大丈夫。今まで通り、一人でやらせて」

周平さんが、微笑みながら髪の毛を揺らして頷きました。

「じゃあ、準備ができたら、一緒に村の中を回ってみよう」

「はい」

洗い物を終わらせて表に回ってみると、周平さんはちゃんと制服に着替えて、机に向かって地図と住民台帳を開いて見ていました。

「日曜日なのに、着替えたの？」

「一応ね。会った人には新しい駐在ですよと顔と姿を覚えてほしいから」

「そうね」

私もスカートではなく動きやすいスラックスに着替えようかと思っていたら、表を走る軽い足音がいくつか聞こえてきて、駐在所の玄関から駆け込んできました。

「おはようございまーす！」

子供が二人、男の子と女の子。ニコニコして眼をきらきらさせて元気に挨拶してくれました。

「おはよう！」

周平さんも立ち上がって、返事をします。

「おはようございます」

子供たちが私と周平さんの両方に頭を巡らせて、ニコニコしています。

「雛子宮小学校六年の小菅昭《こすがあきら》です」

「田島美千子《たじまみちこ》です」

うん、本当に元気な挨拶です。周平さんも笑顔で頷きました。

「新しい駐在の蓑島《みのしま》周平です。そして、僕の奥さんの花さんです」

「よろしくね」

周平さんがちょうど開いていた住民台帳を、えーと、と言いながらパラパラとめくりました。

「小菅昭くんと田島美千子ちゃんね。うん、小菅さんと田島さんだ。二人とも一人っ子なんだね」

私も台帳を覗《のぞ》き込みました。昭くんと美千子ちゃんという字を書くんですね。覚えておきましょう。二人は、ちょっと恥ずかしそうに、そうです、ってこっくり頷きました。

「今日からだって神社の清澄さんに聞いたんですけど」

「僕も美千子も神社のすぐ裏が家で隣で」

「それで、ずっと日曜日に図書室に来て読んでる本があるんです」

「今日からでも、もういつもみたいに入って読んでいいですか？」

二人で交互にまるで練習したみたいに話して、思わず笑ってしまいました。お隣同士なら、この二人はきっと生まれたときから一緒に兄妹のようにして育ってきたんでしょうね。

「あぁ、もちろんだよ」

「どうぞどうぞ」

周平さんと顔を見合わせて、頷き合いました。

子供たちに開放している縁側のある和室ですね。皆は〈図書室〉と呼んでいるそうです。日曜日の朝から勢い込んでやってくるんですから、きっと二人とももものすごく読書好きの子供なんでしょう。

二人が勝手知ったるという感じで一度外へ出て、すぐ玄関脇の生け垣に付いている木戸《きど》を開けて、縁側から図書室に上がり込んでいきました。

この図書室は、駐在所になっている部分とは戸板で区切られていて、かんぬきがこちらから掛かっているので、向こうからは直接駐在所には入ってこられないようになっています。

でも、安全のためなのでしょう。土壁の一部が空けられてそこに窓ガラスがはめ込まれていて、駐在所から子供たちの様子は手に取るようにわかります。もちろん、大きな声で呼べば声も聞こえます。

なるほど、こうやって子供たちがやってくるんですね。これでは日曜と言えど二人で一緒に駐在所を留守にするわけにはいきません。

「じゃあ、僕だけちょっとオートバイで回ってくるけど、大丈夫？」

「大丈夫よ」

清澄さんも言っていました。駐在所にやってくる子供たちのことで何かあれば、神社に電話くれればすぐに早稲ちゃんが手伝いに行けると。

「向こうの山側を回って三十分ぐらいで一度戻るよ。遅くなるようだったらどこかで電話を借りてするよ。それでは、よろしくお願いします」

背筋を伸ばして周平さんが笑顔で敬礼をします。

「はい、いってらっしゃい」

オートバイにまたがった周平さんの背中を見送った途端に、電話が鳴りました。慌てて受話器を取ります。

「はい、雉子宮駐在所です」

(あー、と、奥さんかな?)

「はい、そうです」

(松宮警察署の坂下《さかした》です。先日お会いしましたね)

「はい！　どうもお疲れ様です」

松宮警察署は田平町にあるここの管轄の本部です。坂下警部さんは直接ではありませんけど、いわば周平さんの上司にあたります。

(蓑島巡査はパトロールですか？)

「そうです。たった今出ましたので、三十分ほどで戻ると思います。無線で呼び戻しますか？」

駐在所にはもちろん無線通信の機材があります。私も使えるように教えてもらいました。そうですか、と、坂下警部さんが小さく言いました。一瞬何かを考えるように沈黙しました。

（いや、呼び戻すまでもありません。戻り次第こちらに電話するように伝えてください。伝達事項があるからと）

「承知しました」

坂下警部が小さく息を吐いたように聞こえました。

（いかがですか。昨日の今日でまだ落ち着かないでしょうが、そちらはいいところでしょう）

声が柔らかくなりました。お会いした坂下警部さんは四角くいかつい顔つきの方でしたけど、笑うと途端に目元に愛嬌《あいきょう》が出る方でした。

「はい、とても静かでいいところです」

（そこら辺りではもう何年も大きな事件など起きていませんからね。のんびりとお身体を静養させるつもりで過ごしてください。困ったことがあれば直接私に何でも電話してきて構いませんからね）

「はい、ありがとうございます」

お礼を言って受話器を置きました。坂下警部さんは、管轄こそ違いますが私の身に起こった事件のことをよく知っているのです。机の上の鉛筆を取って、メモ用紙に控えておきます。

『伝達事項あり。松宮警察署の坂下警部に電話』

管轄の本部から駐在所に伝達事項があるということは、何かこの地区に関わるような事件があったということだと思います。けれども、急いでいる様子はなかったのでそれほど大きなものでもないのかもしれません。

図書室を見ると、二人は並んで壁に寄りかかって、真剣に本を読んでいます。チビがいつの間にか二人のすぐ近くに寝転がっていました。猫たちはきっとこの子たちのことをよく知っているんでしょう。

戸板のかんぬきをそっと外して和室に入ると、二人で同時に本から顔を上げてにっこり笑います。何だかこの二人、雰囲気がよく似てます。

「何の本を読んでいるの？」

膝《ひざ》をついて、訊《き》きました。

「江戸川乱歩《えどがわらんぽ》です」

「僕も」

二人で本の表紙をこっちに向けました。見たことあります。子供向けの推理小説でしたよね。

美千子ちゃんが、パタンと本を閉じてぺたんとお尻をつき、両足をハの字にして座り直しました。

「駐在さんと花さんは、横浜から来て、新婚さんだって」

あら。やっぱり女の子はそういうのに反応するのかしら。

「そうよ。三ヶ月前に結婚したばかり」

「駐在さんっていくつなんですか？」

昭くんが訊きました。

「三十歳。私は三十二歳」

「姉《あね》さん女房だ！」

昭くんが何故《なぜ》か嬉しそうに笑いました。その通りです。

「蓑島さんすんげぇ背ぇ高いじゃんか。いくつあんの？」

質問攻めですね。思わず笑ってしまいました。

「身長はね、周平さんは一八九センチ。大きいでしょー。反対に私は背が低くて一四九センチしかないの」

美千子ちゃんは随分すらっとしていますから、すぐに私は追い越されてしまうかもしれません。きっとこの子たちが中学を卒業するまでは、私たちは確実にここにいるでしょうから。

「花さん、すっごくキレイ。都会の女の人って感じ」

「あら、嬉しい。ありがと」

客観的に言って私は全然美人ではありませんが、子供の素直な感想は嬉しいです。

「坂巻《さかまき》の絢子《あやこ》姉ちゃんに似てるかも」

昭くんが言いました。でもすぐに美千子ちゃんがパン！　と昭くんの肩を叩きました。

「そういうことは、言わないんだよ」

「あ、ごめんなさい」

謝られたけど、どうしてでしょう。

「坂巻絢子さんって、どこの人かな？」

美千子ちゃんがちょっと悲しそうな顔をします。

「ごめんなさい、絢子さんって死んじゃったんです」

「あら」

お亡くなりに。

「病気か何かで？」

「山小屋の圭吾《けいご》さんのお姉さんだったんだけどさ。去年、東京で病気で死んじゃったって」

「そうなんだ」

雉子宮から都会に出ていった女の人が、まだ若いのにお亡くなりになったと。そしてその人が私に少し似ていたんですね。

「山小屋って、えーと川音川沿いを登ったところにある〈雉子宮山小屋〉のことね？」

「そうです。そこで圭吾さんも絢子さんも働いてたけど」

「そうなんだ」

ここに来る前に下調べはいろいろしましたけれど、まだ把握できていないことばかりです。これからいろいろ覚えていかなきゃなりませんね。

「山小屋では、坂巻圭吾さんが働いているのね」

「そう」

昭くんが言います。

「富田《とみた》さんがやってて、圭吾さんが手伝ってるの。圭吾さんは富田さんの甥《おい》っ子《こ》」

なるほど。後でメモしておいて周平さんにも伝えておきましょう。圭吾さんのお姉さんの絢子さんは東京で亡くなられていると。

にゃあ、と縁側からヨネの声が聞こえてふと見ると、外を眺めていました。生け垣の向こうにはすぐに県道があります。

「誰か来るよ」

美千子ちゃんが言いました。

見ると、男の人と女の人が二人です。ボストンバッグを持って歩いています。さっきバスが走っていったので、少し戻ったところにある停留所で降りた人でしょうか。

「なんか、変じゃんか？」

昭くんが少し腰を浮かせて言います。その通りです。二人とも顔を歪めて苦しそうです。明らかに具合が悪そうです。

「ここにいてね」

縁側からサンダルを突っかけてすぐに出ました。小走りで二人に向かって行きました。道路を渡ってこっちに向かって歩いてきますけど、足取りが重そうです。

「おはようございます」

二人とも私を見ました。

「そこの駐在所の者ですけど、どうかしましたか？」

駐在の妻というより医者としての眼で見ていました。額に脂汗《あぶらあせ》が浮いています。女の人はお腹も押さえています。二人とも年の頃は、二十代後半か、あるいは私たちと同じぐらいかだと思います。女の人はもう少し若いかもしれません。

「駐在所の？」

「そうです。車に酔いましたか？」

男の人が苦しそうな顔をしながらちょっと首を捻ります。

「わかんないんだけど、急に二人とも吐きそうになって、まずいと思ってとりあえずバスを降りたんだけど」

急な吐き気。

車酔いも確かに考えられますけど、二人とも同時というのは。

「まだ歩けますか？　とりあえず駐在所に行きましょう」

いちばん近い大きな病院は、ここからまたバスに乗って田平町中心部まで戻ったところにある田平町立病院です。そこより近くとなると個人病院の梶原《かじわら》診療所がありますけど、車がなければ行けません。二人とも顔面蒼白《そうはく》です。

いつの間にか昭くんと美千子ちゃんも来ていました。私が女の人の荷物を持ってあげようとすると、昭くんと美千子ちゃんが手を伸ばして二人の荷物を持ってくれました。気のつく、優しい子たちなんですね。

「食中毒？」

「軽いものね」

三十分を少し過ぎて戻ってきた周平さんにすぐに伝えました。二人とも、一度トイレで吐くと吐き気はそれで治まりました。軽い下痢《げり》と微熱の症状がありましたけど、どちらも今は落ち着いています。

「昨夜買ったお弁当を今朝になって食べたって言っていたから、たぶんブドウ球菌による食中毒ね。まぁ俗に食あたりというもの」

「病院には行かなくて大丈夫かい？」

「男の人は一度吐いたらもう元気。図書室で子供たちといる。女性の方は少し微熱と怠《だる》さがあるらしいから、私の部屋で寝かせている。たぶん起きたら元気になっていると思うから、大丈夫」

「そうか。雉子宮の人なのかな？」

「まだ名前も訊いていないんだけど」

でも、着ている服装がどこか違いました。男の人が着ているセーターにジャンパーも、女の人のコートも明らかにお洒落《しゃれ》な感じがしました。

「たぶん、都会からの人だと思う。だけどここが郷里《いなか》で、何かの用事で帰ってきたっていう感じでもないかな」

周平さんが少し首を捻りました。

「どうしてそう思ったの？」

「だって」

簡単なことです。

「雉子宮のどこかに実家があるなら、自力でバスを降りてここまで歩けるぐらいだったんだから、何とかそこまで帰ろうとするか電話ぐらいするでしょう？　男の人は具合が良くなってもそんなこと一言も言ってないから」

「そうか」

周平さんが少しばかり難しい顔をして、図書室の方を見ました。

男の人は何やら昭くんと美千子ちゃんとお話ししています。少し長めのさらりとした髪の毛は普通の勤め人ではないように思えますが、髭《ひげ》はきれいに剃《そ》っています。少しばかり険のある顔つきですけど、ああして子供と話しているときの笑顔は優しいものです。きっと子供好きなんだな、と思えるぐらいに。

周平さんが、うん、と頷きます。

「まず坂下警部に電話するよ。話を聞くのはそれからにしよう」

受話器を取って、机のビニールの下に挟み込んだ電話番号一覧を見ながらダイヤルを回しました。

「もしもし、雉子宮駐在所の蓑島巡査です。はい」

少し間が空きました。

「もしもし、お疲れ様です蓑島巡査です。連絡が遅くなり済みませんでした。はい」

周平さんの眉間《みけん》に皺《しわ》が寄りました。鉛筆を持った手が忙しく動きます。駐在所に入ってきた情報は、妻である私も全て共有することになっていますので、隣に立ってメモを読んでいきます。

強盗と、ありました。

強盗事件ですか。

その後に、沼田《ぬまた》、伊勢崎《いせざき》、など地名でしょうか。市民の通報とか、雉子宮とも続きました。

「くめこういち、久しいに米の久米《くめ》ですね？　健康の康に数字の一。三十歳。はい」

何度も頷きます。

「ちょっとそのままお待ちいただけますか？　駐在所の台帳で確認します」

一度受話器を机の上に伏せて置いて、台帳をめくっています。これは駐在所で保管しているこの地区の住民の家族構成などが書かれているものだそうです。何度か確認して、周平さんはまた受話器を取りました。

「お待たせしました。今現在はここに〈久米〉という家はありませんね。過去に遡《さかのぼ》ってまた調べてみますけど」

はい、はい、と何度か周平さんは頷きます。

「了解しました。過去の台帳を照合してまた連絡します」

受話器を置いて、周平さんは難しい顔をしたままメモした紙を見つめています。

それから、図書室の方を見ました。昭くんと美千子ちゃんはまた本を読んでいます。男の人は縁側に腰掛けて外を見つめながら煙草《たばこ》を吸っています。

その様子を、周平さんはじっと見つめています。

「花さん」

「はい」

私を見ました。

「女性の方はどんな印象の人かな。花さんの勘でいいんだけど」

「勘？」

「そう。どんな職業とか、あるいは性格とか。少しは話をしたんだよね？」

「ほんの少しだけど」

実は、気になっていたので正直に言いました。

「まず、奥さんではないのかなって。つまり二人は夫婦ではないなって思った。本当に何となくの勘だけど、二人とも結婚指輪はしていないし」

「そうか」

「それから、お化粧の仕方が上手なので、ひょっとしたら人前に立つ客商売、水商売とか、あるいは芸能界みたいな派手な業界の女性かしらって思った。香水も、きっと普通の主婦ならつけないものだと思う」

なるほどって周平さんが頷きます。

「でも、二人は親しい男女だっていうのは間違いないんだよね」

「それはもう。夫婦でなければ恋人同士ね」

「うん」

また考え込みました。それから、トントン、と机の上のメモを叩いてから、ちょっとこっちへって感じで手を動かして、一歩壁の方へ向かいました。私も二歩歩いて並びました。

周平さんと並ぶと身長の差を実感して、人間ってこんなに違うものだなぁっていつも思います。

「花さんとは情報の共有をしなきゃいけないんだけどね」

少し下を向きながら声を小さくして言いました。

「はい」

「本部からの、逃亡している強盗事件の犯人の出身地がここらしいっていう連絡なんだ。それでこっちに立ち寄る可能性もあるって話で」

思わず周平さんを見上げました。

「久米康一さんというのが、強盗犯人の名前?」

こくん、と、頷きました。

「これから遡って、この村に久米さんという家があったかどうか調べるけれど、何か、あの人が現れたタイミングが良すぎるよね」

ちらりと目線で周平さんが後ろを示します。

確かに、そうです。

まだ名前も訊いていない男の人。

そうか、それで。

「女の人のことを訊いたのね？」

「そうなんだ。連絡では単独犯なんだ。女連れという情報はなかった。だから、単なる偶然かもしれない。あの男性に名前を訊いても、もしも本当に犯人なら本名を名乗るとも思えないけれど」

周平さんが、以前の刑事の頃の顔つきになっているような気がします。

「そう、よね」

「そもそも、自分の故郷に戻るっていうのは、逃亡した犯人にとっては致命的とも言える失敗だ。警察がそこを見逃すはずがないのは考えればすぐにわかる。それでも戻らなきゃならない強い動機があるなら別だけど。それにしたって、いくら具合が悪くなったとしても逃亡犯が素直に駐在所の世話になるなんていうのは。そして具合が良くなってもああしてのんびりしているというのは」

「とんでもなく間抜けな話よね」

「その通り。けれども、自分の故郷や実家は、警察にも誰にも知られないだろうという自信があるとも考えられるけれど」

それも、確かにそうです。いろんな状況が考えられます。周平さんが、すっ、と右手の人差し指を立てました。

「それよりも何よりもまず、これは通常の業務からは逸脱しちゃうんだけど、今の本部からの伝達事項に関して個人的に確認したいことがあるんだ」

「個人的に？」

「そう。これから違うところに電話を掛けるから、その間、花さんはあの男性から眼を離さないようにしていてね。気づかれないように」

「わかった」

周平さんがまた受話器を取りました。ダイヤルを回して、それから図書室に背を向けました。

「おはようございます。こちら松宮警察署雉子宮駐在所の蓑島巡査です」

一呼吸空きました。

「田畑《たばた》刑事は今日、お出《い》でででしょうか？」

はい、と、頷いてまた一呼吸空きます。

「バタさん、蓑島です。そうです、雉子宮駐在所からです。昨日、着任しました。はい、そうです」

少し笑顔を見せました。バタさん、田畑刑事さんに電話したんですね。周平さんの前の職場、港北《こうほく》署で刑事課にいたときの先輩です。

「環境は最高ですね。申し分ないです。それで、すみません、ちょっと内緒で確認したいことがあるんですけど。松宮警察署からの伝達で、こっちに土地鑑のある強盗事件の容疑者が逃亡しているという連絡が入ったんです。そっちにも入っていますか？」

周平さんの顔が少し強《こわ》ばりました。

「やっぱりそうですか。間違いなくそれは番畔《ばんぐろ》組の沼田《ぬまた》ですよね？　どういう状況かは？　はい」

しばらく田畑さんの話を、頷きながら周平さんは聞いて、メモしていきます。

銃声、とか、現金、という単語をメモしています。番畔組というのは以前に聞いたことがあります。横浜の暴力団のような組織だと。

周平さんの眉間に皺が寄りました。

普段の周平さんからはまったく想像できないことなんですけど、刑事だった頃の周平さんは、暴力団からも恐れられたという話を同僚の方に聞いたことがあります。

「じゃあ、まるっきりの誤魔化しってことじゃないですか。いやわかってますけど」

何を話しているのかはわかりませんけれど、周平さんが少し怒っていることだけはわかります。

「なるほどね。確かにそれはおかしいですよね。はい。それでなぜ松宮署からの伝達が妙に曖昧《あいまい》な感じだったのかがわかりました。はい。はい。いやわかってますよ、バタさん。職務は遂行しますよ。はい」

頷いて、口元を引き締めました。

「了解です。何かわかったらバタさんにも伝えますから、その代わり、はい、そうです。お願いしますね。はい、花さんも元気です」

私をちらりと見るので頷きました。私用で掛けた電話なら換わってもらってご挨拶もするんですけど、仕事ですからそうもいかないですね。

「はい、あぁもちろん釣りには最高らしいから遊びに来てくださいよ。花さんと二人で待ってますから。じゃあ」

少し口元を緩めて、周平さんは受話器を置きました。バタさんは五つほど上の先輩で、周平さんといつもコンビを組んでいて気心の知れた人です。

電話を切って、周平さんが一度頷きました。ちらりと図書室を見ましたけれど、男の人は何かの本を手に取って縁側で読み始めています。もちろん、連れの方が眠っているので暇を潰しながら待っているんでしょうけど、急ぎの用事もないのでしょう。

周平さんが、私の方に顔を寄せて小声で言います。

「詳しい話は後で。とりあえず男性と話をしてみる。それで、もしも泊まるところがないようならここに泊めてもいいかな？」

ちょっと驚きました。

「それは、構わないけど」

部屋は余っています。でも。

「強盗犯かもしれないんでしょう？」

小声で言います。私は小さい頃から度胸があると言われてきましたし、自分でもそう思いますけど、さすがに強盗の逃亡犯と一晩同じ屋根の下というのは。

「それも含めて、ちょっと話してみるよ」

周平さんが、メモ帳を一枚取ってそれに何かを書いて引き出しから封筒を出して入れました。手に持ったまま玄関を出て外から縁側へ回っていきました。家に上がるのは編み上げのブーツを脱ぐのが面倒だし、いろんな状況を考えてのことでしょう。私もタイミングを合わせて板戸のかんぬきを外して中に入りました。

「おはようございます」

周平さんが庭から声を掛けると、男の人は、本を閉じて少し姿勢を正しました。そうなんです。私に接する態度もごく普通の常識的な方なんです。

「おはようございます」

「巡査の蓑島と言います。あ、昭くん、美千子ちゃん」

二人が、何かというように顔を上げました。

「なに？」

「ちょっとお使いを頼んでいいかな？　清澄さんにこれを渡してほしいんだ」

さっきの封筒を渡しました。昭くんが受け取りました。

「いいよ。渡すだけでいいの？」

「うん。二人で頼むよ」

わかった、と二人で立ち上がって、跳ねるようにして縁側から靴を履いて走っていきます。子供って本当に背中に羽根でも生えているみたいです。

「お加減はどうですか？」

二人を見送ってから、周平さんが尋ねました。男の方、縁側に座り直して頷きます。

「俺はもう大丈夫です。なんか、すいませんね。こんなんで迷惑かけて」

「いえいえ。ここは自由に休憩できる場所ですからいいんですよ。こちらへは、里帰りですか？」

「里帰りって言うか」

苦笑します。それから周平さんの顔を見ました。

「お巡りさんは、ここは長いんですか」

「いや、長くないんですよ。実は昨日赴任してきたばかりなんです」

昨日⁈　と少し驚いたようでした。

「どっからですか。前は」

「三浦《みうら》の方なんですよ」

ちょっと驚きましたけど、私は反対側にいるので男性に顔を見られなくて助かりました。周平さん、まるっきりの嘘《うそ》を言いましたね。何か、男の人を警戒させないようにでしょうか。それに、まだ名前も訊いていません。確かにいきなり名前を訊くのもおかしな話ですから。

「じゃあ、全然違うとこの人なんだ」

「そうなんですよ。初めての土地でわからないことだらけですよ」

男の人は、うんうんと頷きました。

「俺ね、ガキん頃はここにいたんですよ」

「子供の頃ですか」

こちらの方だったんですか。

「いくつぐらいまでですか」

「小学校の六年までかな。ほら、さっきの子供たちと同じ学校。さっき話したら校舎も何も変わってなくてさ、懐かしくて」

「そうだったんですか」

言いながら、周平さんが縁側に腰掛けます。

「まぁ本当にね、久しぶりに戻ってみてさ」

「じゃあ、お連れの方が起きたら、どちらかのお宅に？」

まぁ、と、男の方が曖昧に頷きます。でも、すぐ後に少し首を捻りました。

「駐在さんなら、ここでわかるのかな？」

「何がです？」

「今、どこに誰が住んでるのか。名前とか」

「わかりますよ？　どなたの家ですか？」

ほんの少し間が空いて、男の方が頷きました。

「佐久間《さくま》って家は、まだこの先の、みかん畑の向こうにあるのかな」

「佐久間さん、ですか」

久米さんではないんですか。周平さんが台帳で調べようと思ったのか、少し腰を浮かせたところに、声がしました。

「蓑島さん、いられるかい。邪魔するよ」

神主の清澄さんです。白の着物に浅葱色《あさぎいろ》の袴《はかま》姿で木戸から入ってきて、縁側に並んで座っていた周平さんと男の人を見ました。

「おや、お客さんかい」

男の方が、腰を浮かせました。清澄さんを見て、少し口を開けます。

「神主さん」

「はいな。こちらは？」

神主さんが周平さんに言いますが、周平さんは首を振って男の人を見るだけです。

「あ、俺、昔ここにいたんです。あっちの、佐久間の家の」

「佐久間の？」

神主さんが眼を細めて男の人を見つめます。少し間があって、清澄さん、ポン！　と手を叩きました。

「おまぁ、佐久間さんとこの息子か」

子供の頃と全然顔が変わっとらんな、と、清澄さんが懐かしそうに笑いました。

＊

お茶を淹《い》れました。このお茶は駐在所の備品として扱っていいんだそうです。しかも普段、私たちも普通に飲んでいいとか。住居と職場が一体の駐在所ならではですね。

清澄さんも図書室に上がってもらったところで、女性の方も起きてきました。顔色も良くなっていましたし、大丈夫そうです。駐在所との間の戸板も開けておいて、周平さんはそのまま縁側に横座りで腰掛けています。何かあったときのために靴は脱がないのでしょう。ヨネとチビが周平さんの傍に寄ってきて、ごろんと横になりました。クロはさっき駐在所のソファの上に寝転がっていました。

佐久間さんは、清澄さんに女性の方を良美《よしみ》です、と紹介しました。

「そこの〈雉子宮神社〉の神主をしとる品川清澄です」

「田村《たむら》良美と言います」

よろしくお願いします、と、頭を下げます。苗字《みょうじ》が違うということはまだご夫婦ではないということですね。

「結婚の予定があるっちゅうことか」

「そうです」

佐久間さん、素直に頷くと良美さんも少し含羞《はにか》みました。こうして見ているとごく普通の、若い婚約者同士です。

「そうかい。それはまぁめでたいこっちゃ」

清澄さんがお茶を一口飲みます。周平さんは煙草に火を点《つ》け、ゆっくりと吹かして皆を見ています。

「神主さん。親父《おやじ》は、まだ家にいますか」

お父さんですか？　清澄さんは、少し顔を顰《しか》めました。

「会いに来たんか？　今日は」

「まぁ、そうです」

「そうか」

そうか、と、清澄さんは繰り返して、少し悲しそうな顔をされます。腿《もも》の辺りを軽く叩きました。

「せっかく来たんに、残念だがぁ、佐久間さんはお亡くなりになられた」

「死んだ？」

「遅かったな。四年、いや五年近くも前だったかな。急な病でなぁ。あっちゅう間だったよ。もうあん家には誰もおらん。そのまま空き家になっとるわ」

佐久間さんは、少し息を吐いて肩を落としました。でも、お父様が亡くなられたというのに、それほど悲しんだ様子はありません。

「あぁ」

清澄さんが周平さんを見て言いました。

「まだこんがな、小学生ん頃にな。佐久間さんは離婚したのよ。それで、母親とここを出ていったんだ。なぁ？」

うん、と、佐久間さんが頷きました。

「離婚なさったということは、今は佐久間さんではないのですね？」

周平さんが訊くと、あぁ、と、佐久間さんが周平さんを見ました。

「母親の苗字で久米ですよ。久米康一といいます」

久米康一さん。

やはり、ですか。

周平さんと、気取《けど》られぬようにそっと眼を合わせました。

いろいろあってね、と、久米康一さんは言いました。

それは、話したくはない辛いことや悲しいことがあるということでしょう。それ以上は何も言いませんでした。

「上手いこと行かないことが多くて失業もしちゃってね。でも、こいつと何とか人生やりなおしたいと考えたらさ、ここのことを思い出してね」

それで、結婚するつもりである良美さんを連れて、この生まれ育った雉子宮で暮らしたくてやってきたそうです。

お父様とは、離婚してここを離れてからはまったくの没交渉で、一度も会ったことも話したこともなく、そして康一さんのお母様である多恵《たえ》さんも三年前にご病気で亡くなられたそうです。

康一さんはお母様のご位牌《いはい》もお骨も、ボストンバッグの中に入れて持ってきていました。

「多恵さんか」

清澄さんが小さく息を吐きます。

「気立てのよい人だったがな。お前をおぶって畑やってたのを覚えとるよ。どれ、神主だから供養はできんが、拝ませてもらうか」

「ありがとうございます」

康一さんが位牌と骨壺《こつつぼ》をテーブルの上に置きました。私も周平さんも、清澄さんと一緒に手を合わせて祈ります。

「あとで寺に持っていけ。昭憲がねんごろに供養してくれる」

「はい、そうします」

雨山に入ったところにある長瀬寺ですね。ここの方は全員檀家と聞いています。

「清澄さん。じゃあ、佐久間の家は」

「うん。空き家にはなってるが、寺の方の預かりになっているぞ」

「預かりですか？」

周平さんが訊きました。

「この辺じゃあ、よくあることだ」

誰も住まなくなった家やそこの畑は、都会であれば普通の不動産屋などを通じて売り買いなどするのでしょうけど、ここでは事情がある場合はお寺に言ってそのままお寺さんが管理しておくことがあるそうです。

「管理と言うても何もせんが、そこの家や畑は間違いなく誰それのものである、となし土地の権利書があればそれもお寺が預かっておくそうです。

「佐久間さんの息子さんであるお前が住むことになっても、誰も文句は言わんだろうが、一応昭憲に伝えて確認してもらおう」

「じゃあ、家に住めるかどうか確認できるまで、ここの二階でのんびりすればいいですよ」

周平さんが言いました。

「いいんですか？」

「空いているんですから問題ないです。それに、長い間空き家だったのならすぐには住めないでしょう。掃除したり修繕したりする間はここで寝泊まりすればいいですよ」

「や、申し訳ないです。ありがたいです」

康一さんが頭を下げ、良美さんも、ありがとうございますと言って、安心したように笑みがこぼれました。何も確認せずにここまで来たのなら、いろいろ不安もあったのでしょうね。

安心したのか、お二人が村を散歩してみると出かけたのを機に、清澄さんと三人で駐在所の方に移動しました。

「何か、康一に警察絡みの事情があるということかな？」

清澄さんが袂《たもと》から封筒を取り出しました。さっき、清澄さんが昭くんと美千子ちゃんから受けとったものです。

メモには〈駐在所に来て、何も知らないふりをしてここにいる男を確認してください〉と書いてありました。

周平さんがそれを見ながら小さく頷きます。

「捜査上のことなのでお話はできないのですが、清澄さんのお陰で彼にそうとは知られずに、はっきりと身元確認が取れました」

ふむ、と、清澄さんが頷き、二人が出ていった外の方を見ます。

「あれは、康一は、元気で優しい男の子だったと覚えとるよ。そういうもんは、心根《こころね》みたいなもんは大人になってもそうは変わらんもんだ。今、あいつと話していてそう思うたよ。なんがあったかはわからんが、この村で生まれた子供が、大きくなってやりなおしたいと帰ってきたのに、すぐにいなくなるようなことになるんかね」

周平さん、一度下を向いて考えました。

それから、顔を上げて清澄さんを見ます。

「私は、警察官です。職務を遂行するだけです」

　できるだけのことはする。

　周平さんがそう言い、清澄さんは佐久間さんの家の確認をするからと神社に戻っていきました。

「花さん」

「はい」

　周平さんが椅子に座って机に向かったので、私も向い側の机につきました。

「久米康一が強盗に入ったところというのがね、横浜の沼田という男の家なんだ。バタさんに確認した。そいつは番畔組の組長なんだ」

「組長？」

「ヤクザだよ。僕も横浜にいた時、何度か会っている」

「ヤクザさんが、家に強盗が入ったって警察に通報したんですか？」

「違うんだ。拳銃の音がしたって一般市民から通報があった。それで、駆けつけてみたら沼田って男は、強盗に入られたんだって訴えたそうだ」

「それは」

　びっくりしました。

　ヤクザの家に強盗に入るような間抜けな人がいるんでしょうか。

「たぶん、強盗じゃない。一般市民からの通報がなかったら、沼田は表沙汰にしないで久米を追いかけたはずだ。いや、本当に何か盗まれたものがあったのかもしれないけど、何らかのいざこざがあったと考えるのが普通だ」

「じゃあ、康一さんは組員だったってことかしら」

周平さんは首を横に振りました。

「僕の経験から判断すると、そうは思えない。せいぜいがチンピラじゃないかな。それに組員のいざこざならあいつらはすぐに破門状を回す。警察がやってきたって知らぬ存ぜぬで通す。それなのにわざわざ強盗だって言い張って、久米を、康一を警察に指名手配させたってことは」

あ、と、思いました。

「そのいざこざって、ひょっとしたら、あの良美さん？　康一さんが盗んだのは、物とかじゃなくて、良美さん本人じゃないの？」

うん、と、周平さんは大きく頷きました。

「その可能性は、あると思う」

いや、あの二人の様子から考えると、その可能性の方が高いかもしれないと続けました。

「わからないことはある。どうして康一の故郷がここだって知れたのかとかね。彼の様子を考えても、きっとここに向かったことは誰にも知られていないっていう自信があったんだと思う。とにかく、花さん」

「はい」

「二人が帰ってきたら、僕は事情を全部聞く。そのときは花さん。何も訊かずに、驚かずに、ただ話を聞いていてね」

強い意志を、周平さんの瞳に感じました。

そうです。病室で初めて会ったときから、周平さんは捜査に向かっているときにはこういう眼をしているのです。

犯罪を憎む、正義の意志です。


二階の部屋の押入れには蒲団も揃っているんです。周平さんの話では、捜査関係でここにお巡りさんたちが泊まるときのためのものらしいです。とはいえ、前任者の方のときもそんな大きな事件が起きたことはないので、自分たちの親戚が泊まりに来たときぐらいしか使わなかったとか。

康一さんと良美さんのために蒲団二揃いを、窓を開けて部屋の出窓に干しておきました。四月のお天道《てんと》さまはまだ強くはありませんけど、今日は一日晴れるという予報です。きっと充分干せるでしょう。

清澄さんから電話がありました。

長瀬寺の昭憲さんのお話では、亡くなられた佐久間さんの親族の方はいらっしゃるそうですけど、疎遠だったようで葬式から一度も誰も訪ねてこないし連絡もないとか。ですから、康一さんがここに戻ってきて住む分には何も問題はないだろうと。何かあったならそのときに話し合えばいいのではないかと。

私も法律には詳しくはありませんが、離婚したとはいえ佐久間さんの実の息子である康一さんには、佐久間さんの財産を受け継ぐ権利があるはずです。当然お家も土地もそうですね。

ということは、今の状況では、空き家になっている家に黙って住んでも特に問題はないはずです。

「家自体は問題ないだろうけど、長い間空き家だったから掃除が大変だろうって」

「でしょうね」

掃除だけでも何日も掛かるかもしれません。

「ここで暮らすって、やっぱり畑をやるのかな」

「その気で来たんじゃないのかな？　ここには店も会社もないし」

「そうよね」

「昭憲さんも、康一のことはしっかり覚えていたってさ。あいつがここで本気で真面目《まじめ》に暮らそうとしてやってきたんなら、きっと力になってくれるさ」

うん、と、頷きました。

「そういえば、お寺のご住職、昭憲さんって昨日ご挨拶したときには、ご家族はいなかったわよね」

「そう、一人でいるようだね」

お一人なんですか。

「おいくつぐらいかな」

「確か五十ぐらいだったかな。清澄さんとそんなに変わらないはずだ。二人ともこの村で代々続く神社の神主と寺の住職だからね。仲は良いって」

お寺にお一人で暮らしているのはいかにも淋《さび》しそうですけど。

「跡継ぎとか、いらっしゃるのかしらね」

「その辺はまだ僕も知らないな。お寺の跡継ぎがいないとここらの皆も困るだろうから、考えてはいるんだと思うけどね」

一時間もしないで、康一さんと良美さんが戻ってきました。縁側の方へ回ろうとした二人を、周平さんは駐在所の方へ招き入れました。

駐在所の奥にはくたくたになった焦げ茶の革張りのソファとテーブルがあります。そこへどうぞ、と。

「インスタントですけど、コーヒーはどうですか？」

「あ、ありがとうございます。すんませんね」

「いただきます」

二人揃って、笑顔で言います。本当に、確かにお二人ともちょっと、表現は悪いですけど、やさぐれていたりはすっぱだったりする雰囲気は少しあるのですけれど、ちゃんとしています。

本当の悪い人には見えません。

「久米さん」

周平さんが向い側に座って言います。

「決して慌てずに、騒がずに聞いてほしいんだけど」

「はい」

そう言うと、少し康一さんが首を捻りました。

「今朝方、あなた達がここに来る前に、本部から電話があったんだ。横浜で強盗をした〈久米康一〉という男が、出身地である雉子宮に立ち寄る可能性がある、と」

康一さんが思わず勢い良く立ち上がろうとして腰を浮かせたところで、素速く周平さんが両手を伸ばして肩を押さえました。

すごい素速さでした。

その勢いに良美さんも驚いてソファの上で身じろぎをします。私も、良美さんに手を伸ばして、大丈夫、と声を掛けました。

「慌てないで、と言ったろう。落ち着いてくれ」

「何で」

康一さんの息が荒くなりました。

「落ち着くんだ！」

周平さんが大声を出します。

「僕は、番畔組の沼田を知ってる」

え？　と、康一さんが口を開けたままにします。

「僕はここに来る前は、横浜の港北署の刑事課にいた。あいつをよく知ってるんだ。わかるだろ？」

刑事、と、康一さんが呟き、そこでようやく身体の力が抜けたようにソファに落ちるように座り直しました。

「刑事さんだったのか？」

こくり、と、周平さんは頷きます。

「さっきは嘘をついて悪かったね。君が何者かまだわからなかったものだから慎重になったんだ」

周平さんもソファに腰を下ろします。

「本部からの伝達事項は、被疑者であり逃亡している久米がもしも本当に雉子宮出身なら立ち寄る可能性が大なので調べろ。そして本人を見つけたのなら確保せよ、とのことだ。さっき、君はこの雉子宮出身の久米康一であると自分で言った。だから、僕は君に確認しなきゃならない」

息を吐きました。

「君は、番畔組の沼田の家に押し入り発砲した上に現金十万円を盗み取っていった、久米康一に間違いないか？」

良美さんが、康一さんの腕を思わず摑《つか》みました。康一さんは、眼つきを鋭くさせて周平さんを見つめます。

「どうして、すぐに捕まえないんだ。そんな話は手錠を掛けてからするのが警察のやり口じゃないのか」

声を低くして康一さんが言います。

周平さんが、ゆっくりと頷きました。

「まず、君たち二人の様子を見たからだ」

「俺たちの？」

「強盗犯は、単独犯とのことだった。すると、良美さんがそこにいる理由がわからない。

女連れで逃亡するなんてのは馬鹿のすることだ。ましてや自分の故郷に戻るなんて、愚の骨頂だ。さらに」

周平さんは、一度右手の拳《こぶし》を握り、それを開いて見つめました。

「あの沼田が、十万円を盗《と》られたぐらいで警察に通報なんてするはずがない。本当の強盗なら自分たちで地の果てまで追いかけるさ。警察の手を借りるなんて、何か裏の事情があるに決まってる。だから、こうして腹を割って君に確認した方がいいと思ったんだ」

ふぅ、と、息を吐いて、周平さんは少し表情を緩めました。

「何があったんだ？」

康一さんと良美さんが、二人で顔を見合わせました。それから、良美さんが、私を見ました。

「あたしを」

そう言ってから、一度引き締めた唇《くちびる》が、少し震えているように見えました。

「あたしを救おうとしてくれたんです。あいつの、沼田のところから。あたしはあいつの」

そこで、良美さんの涼しげな瞳から、涙がこぼれ落ちて声にならなくなりました。康一さんが何か言いかけましたが、また口を閉じて、良美さんの手を握りました。

「そういうことだよ」

ゆっくりと、康一さんが言います。

「俺はこいつを、あいつのところから連れ出しただけだ」

周平さん、やはりそういうことか、というふうに少し口許を歪めます。

「君は、組の人間じゃないな？」

うん、と、康一さんは頷きます。

「ただのバーテンダーだよ。あいつが裏で持ってる店の従業員だった」

「拳銃を持っているのか？」

違う、と、少し強い調子で康一さんが言います。

「撃ったのは俺じゃない。沼田だ」

「十万円は盗んだのか？」

「それは」

康一さんが口ごもりました。

「退職金代わりに、貰《もら》ったんだよな？」

周平さんが眼を細め、何か含めるように声を低くして言うと、康一さんは眼を伏せ、唇を嘗《な》めるようにして何か考えてから、ゆっくり頷きました。

「そうだ、貰ったんだ」

ふっ、と、周平さんが苦笑しました。

「ここに戻ってくることなんか絶対にわからないと思っていたのか」

こくり、と、頷きます。

「どこで生まれたなんて話したことないからな。何であいつにわかっちまったのか全然わからねぇ」

「大方、店の客か、あるいは仲間内にこぼしたことが知られていたんだろう。それはいいさ。僕が本部に連絡しなければ、誰にもわからないことだ」

えっ、と、康一さんが眼を大きくして周平さんを見ました。

良美さんも、私もです。

「言わないって」

「台帳を確認したが、ここに〈久米〉という家は過去に遡ってもない、と事実を報告するだけだ。嘘じゃないからな」

確かにそうです。久米という家は、ここにはありません。嘘じゃありません。

「そして、怪しい人物も今のところ来ていませんと報告する。それでもう警察はここを捜すことなんかしない。ヤクザの揉《も》め事に付き合っている暇なんかないんだよ。そもそも強盗だと言い張って事件にしたのが間違いなんだ」

どうしてそうなったかその事情を自分は知ってる、とでも言いたそうでした。きっと、何かがあるんでしょう。バタさんに確認していたことが、それかもしれません。

「でもあんた、なんで」

「ひとつは」

周平さんが微笑みました。

「僕は女性には優しいと自負しているんだ。良美さんの涙を悲しい涙にはしたくない。それに、君はここにいる頃は優しい男の子だったという清澄さんの言葉を信じようと思ったからだ。女のために、命を賭けてヤクザと張った君の男気に感心したというのもある」

もうひとつは、と、続けて、真剣な顔をしました。

「正直に言うよ。僕は沼田のせいで人生が目茶苦茶になった女性も知っている。家族を失った男もいた。けれども、逮捕できなかった。刑事の頃に何度悔しい思いをしたかわからない。あいつは、刑務所に放り込まなきゃならない男なんだ。それができなかったのは、どうしても尻尾《しっぽ》を摑めなかったからだ。決定的な証拠がなかったんだ」

それは。

康一さんも眼を丸くしました。

「売れって、話かよ。俺に、沼田を」

「逃げてきた君だ。今更あいつに恩なんかないだろう。沼田を逮捕すれば、もう君を追ってくることもない。沼田の家の中まで入れるような立場だったんなら、あいつを逮捕できる、あるいは大人しくさせるネタのひとつやふたつはあるんじゃないか？」

周平さんは、刑事の顔をしていると思いました。

病室で、初めて出会ったときの顔と同じです。傷害事件の被害者として、私に事情を訊いてきたときと同じ。

康一さんが、思わずといった感じで、顔をくしゃくしゃにして、おでこに手を当てて笑いました。

「とっぽい田舎のお巡りさんかと思ったら、とんだデカだった」

周平さんも、にこりと笑いました。

「サービスで、佐久間さんの家が住めるようになるまで、ここで暮らす宿泊代も飯代も僕の奢《おご》りにしてあげるよ」

〈日記だとしても、とても詳しいことは書けません。

周平さんも、日報には今日のことを詳しくは書いていないんでしょう。おそらく『何事もなし』となっているはずです。だから私もそうします。

でも、二人きりの生活が始まると思っていましたけれど、しばらくの間は四人で朝を迎える日々が続くだろうということだけは書いておきます。

本当にひょんなことから知り合いになりましたけど、四人とも年が近いですから良い友達になれそうな気がします。バタバタすることも多いでしょうから人手はあった方がいいでしょう。賑やかなのも、それもまた楽しみです。〉

梅雨　水曜日の嵐は、窃盗犯

〈昭和五十年六月二十五日　水曜日。

雨山の木が強風で倒れました。それはきっと山の近くに住んでいれば珍しくもないことで、大した話でもないのでしょう。

でも、まさかそれがああいう事態を引き起こすとは、夢にも思いませんでした。

私は医師として働いてきましたから、普通の生活の中では出会わないようなことにも多く関わってきました。悲惨な事故で運ばれてきた患者さんとか、あまり人には教えたくない話ですけど、拳銃で撃たれたとか、ナイフで刺された患者さんも見てきました。物騒な話だけではなくて、入院患者の複雑な家族関係を目の当たりにすることも多かったです。

何が正しくて、何がいけないことなのか。そういうことを考える日々も多くありました。だから、今日の出来事もそうなのですよね。〉

梅雨《つゆ》に入っても長雨はそんなには続かないよ、と早稲ちゃんが言っていたのですが、その通りでした。何でも山と川に囲まれたこの辺りでは、山に遮られて雲が割れて、周りと比べて比較的晴れ間が多い地域なのだそうです。

夜は降り続いていた雨が朝になって止《や》み、雲の間から陽が差してきて山に虹が架かっていました。台所の窓からそれを見つけて、一人でにこにこしながら朝ご飯の支度です。虹を見つけると、つい嬉しくなってしまいますよね。あ、でもどこかの国では虹は不吉だって話もありましたっけ。

白いご飯に、いんげん豆とお豆腐のお味噌汁。目玉焼きは最近周平さんが気に入っている両面焼きにします。万願寺《まんがんじ》とうがらしという大きなとうがらしをいただいたので、それと茄子《なす》を味噌炒めしたもの。ぬか漬けはキュウリにしました。

「いただきます」

「いただきます」

「これ、とうがらしなの？」

周平さんが少し笑みを浮かべて言います。

「そうなの。京都の方のお野菜ですって。辛くないのよ」

肉厚で美味しいのです。

「知らない野菜っていっぱいあるよなぁ」

美味しそうに万願寺とうがらしを頬張って、周平さんが言いました。この辺りの特産はみかんですけど、農家の人たちは自分たち用にいろんな野菜を育ててみるのですよね。それが上手く育ち売り物になると判断したら、畑を大きくして出荷することもあるそうです。

周平さんがちらりと私を見ます。

「なに？」

「いや」

嬉しそうに笑いました。

「料理が上手になったんじゃないかなぁって。美味しいよこれ」

「早稲ちゃんのおかげです」

小さい頃から何でも家のことをやってきたからでしょう。早稲ちゃん、本当に料理上手なんです。

「早稲ちゃん、誕生日いつなのかな」

「十二月よ。どうして？」

「いや、いつもお世話になってるからさ。誕生日に何かさ」

「あ、そうね。考えておくね」

何がいいでしょう。横浜の何か美味しいものとか。

「一緒に横浜に行ってお洋服とかお買い物するのもいいかも」

「あぁ、それはいいね」

朝ご飯を終えると、いつもの通り、周平さんと二人で登校する子供たちを見守ります。

駐在所からほんの五メートルほど山側に進んだところが交差点になっていて、右に曲がると雉子宮小中学校です。なので、五十人ほどいる全校生徒の半分ぐらいが、駐在所の前を通って学校に向かいます。

「おはようございまーす！」

「おはよう！」

ほとんど皆が元気に笑顔で挨拶してくれます。中には恥ずかしがり屋の子もいたりしますけど、挨拶はきちんとしてくれます。いつも図書室にやってくる昭くんと美千子ちゃんは、神社の裏側に家があるので朝は会いませんけれど、放課後にはほとんど駐在所にやってきて、本を読んでいったりします。

「ミノさんおはよう！」

「おう、謙一《けんいち》おはよう」

いつも元気な、ガキ大将の四年生の謙一くんが走っていきます。

子供たちの間で周平さんの呼び名は〈ミノさん〉になってしまいました。蓑島という苗字と、ひょろりと細くて背が高いところからミノムシみたいだと誰かが言い出して、失礼だよと誰かに怒られて、結局はミノさんになったみたいですね。

元々警察の後輩からはそう呼ばれていましたし、そういう呼び名で呼ばれるのも地域に溶け込んできた証拠ですから喜んでいます。

子供たちの登校が終わると、周平さんはパトロールに出ます。

何せ山あり谷ありなので、自転車ではかなり苦しいということはわかったので、晴れた日にはオートバイで、雨の日にはジープで一帯を廻《まわ》ってきます。

公民館や簡易郵便局、山小屋や商店など人が集まるところ、他にはお年寄りだけの農家やイノシシなど野生動物の被害が出そうなところ、増水すると川水に浸《つ》かってしまいそうな小さな橋など、人が近づいて危険そうなところも見て回ります。

そうやって、何もなければ午前中はほとんどパトロールに費やして、そして村の皆さんと立ち話をしたり時にはお茶にお呼ばれしたりして交流を深めて、お昼ご飯に駐在所に帰ってきます。

私は、その間、駐在所の掃除と電話番です。

広い家を一人で掃除するのは大変だろうと、神社の早稲ちゃんがいつも手伝いに来てくれます。

日本全国どこの田舎でもそうなのかもしれませんけれど、雉子宮には若い人が少なくなっていて、三十過ぎた私でも若い女性らしくて、早稲ちゃんは毎日の女同士の話ができる相手ができて本当に嬉しいんだとか。

雉子宮神社の一人娘、早稲ちゃんは二十二歳。

お母さんを早くに亡くされて、清澄さんと父一人子一人でずっと暮らしてきました。

近所に住む叔母《おば》である睦子《むつこ》さんが巫女《みこ》さんとして働いているし、そもそも田舎の神社の仕事は少なくて暇とのことで、早稲ちゃんは昼間はほとんど駐在所に来てくれます。いいのかなぁ申し訳ないなぁと思いながら、もうそれがあたりまえのようになってしまいました。

神社の跡取りとして、将来は神職に就かれるそうですけれど、実は女性の神主さんというのは少なくて、中々大変なこともあるんだとか。

「そもそも巫女さんってぐらいだから、大昔は神様のご神託とかそういうのは女性だったんよ」

「そうよね。昔々は卑弥呼《ひみこ》がいたぐらいだものね。あの人って巫女で女王だったわよね？」

「そうそう。そういうこと。それが、明治になって突然国が、神主は男性じゃなきゃ駄目とか決めちゃって、それからずっともう女人禁制《にょにんきんせい》みたいになったのよ」

詳しいことはわかりませんけど、社会の時間に習った廃仏毀釈《はいぶつきしゃく》とか、神仏習合《しんぶつしゅうごう》とかそういうものの関係なんでしょうか。

「でも、最近はそうでもないんでしょう？」

「少しずつね。もう男性でなくても神主にはなれるようになったけど、これで神社ってのもあれなんよ花さん。協会みたいなのがあるから、都会の大会社みたいにいろいろめんどいことはたくさんあるの」

「そうなんだ」

「でも、うちみたいに田舎のちっちゃな神社はね、そんなんあまり関係ないしで」

早稲ちゃんがサヤインゲンをたくさん持ってきてくれて、お掃除の後に台所のテーブルを前に座って二人で筋を取りながら話をしていました。インゲンの筋を取るぐらいなら、私の指も言うことを聞いてくれます。

「花さん」

「うん」

早稲ちゃんがちらりと私の手を見ました。

「指、どう？　かなり治ってきたかな？」

「どうかなぁ」

劇的な変化はありませんけど、動きがよくなってきたような気もします。でも、単純に動かないことに慣れてしまったというのもあるかもしれません。

早稲ちゃんが、何だか少し唇をもごもごさせました。ピンと来ました。

「事件のことはね」

早稲ちゃんが、眼をぱちくりさせて、その表情が可愛らしくて思わず笑っちゃいました。

早稲ちゃんって本当にリスみたいな可愛い顔をしているんです。

「清澄さんから何も訊くなって言われていたんでしょ？」

こくこく、と、早稲ちゃんが頷きます。

私と周平さんがここに来てから二ヶ月以上が過ぎました。もうすっかりここでの暮らしにも慣れて、駐在所にやってくる人たちの顔と名前も一致するようになってきました。

私の指は、怪我をして動かなくなってるということになっています。でも、どうしてそんな怪我をしたかは、清澄さんしか知りません。早稲ちゃんには女同士の会話の中で周平さんとの出会いはどこで、なんていう恋愛などの話をしたときに、ちょっと事件があってそれで、とだけは話したんですけど。

「実はね、周平さんはね、ここに来る前は刑事さんだったの」

「刑事さん？」

横浜の港北署の刑事課でした。

私の身に振り掛かったあのことは、今も、たぶん大きな傷となって心に残っています。

悪い夢を見て夜中に起き上がったのは、ここに来ても二度三度とありました。きっと一生消えることはないように思っています。消してはいけないのかもとも思います。

でも、心の中で整理はついています。こうして笑顔で毎日を過ごせるのは周平さんと結婚できたからで、そして周平さんと出会ったのが、その事件だったのですから。

運命だったのかな、と思うようにしています。

「私は、医者だったでしょ？」

「うん」

医者だったことは最初は話さないようにしていたのですけれど、もう皆はわかっています。

それは、たとえば子供たちが転んで膝を少し深く切ってしまったときや、遊んでいて骨折してしまった現場に居合わせて、緊急に治療したことで自然に知れてしまったのです。隠すようなことではありませんし、今は私の右手の指があまり動かないので、きちんとした医療行為はできないことはわかってくれました。

「実は、横浜の大学病院で外科医をしていたの」

早稲ちゃんの眼がまた真ん丸くなりました。

「え、外科医って、じゃあ」

私の指をちらりと見ました。

「そう」

外科医の命とも言うべき利き腕の指。それが、怪我で動かなくなってしまった。

「周平さんと出会ったって、じゃあその怪我って」

「そうなの」

傷害事件。

私は、患者さんの家族に刃物で切りつけられてしまった。襲われてしまった。

こうして何も知らない人に話すのは初めてです。思わず知らず、大きく息をついてしまいました。

「花さんごめん」

早稲ちゃんが私の手を握ってきました。

「辛いこと、話さなくてもいい。ごめん訊いちゃって」

私は微笑んで、早稲ちゃんの手に手を重ねました。

「いいの」

こうして話せるようになったのは、時が経ったのもありますし、ここで新しい生活を始められたからです。

「患者さんをね、助けられなかったんだ」

それは、初めてじゃなかった。そして、できる限りの手を尽くしたつもりだった。それでも。

「患者さんが助からなかったのは確かなこと。それで」

残された遺族の方に、私は恨まれた。

刃物で襲われて、切りつけられてしまった。

「そんなん逆恨《さかうら》みじゃないの」

早稲ちゃんが言います。

「そうだね」

皆がそう言いました。私も、本音を言えばそう思いました。

でも、遺族の人の気持ちを思えば、傷つけられたことを怒ることもできなかった。たとえ、その傷で外科医としての人生を絶たれたとしても。

早稲ちゃんが悲しそうに顔を顰めて私を見ました。

「でも、それで周平さんと出会えたのよ」

早稲ちゃんが、こくり、と頷きます。

「事件として、刑事さんとして、花さんの事情聴取に来たのね?」

「そういうこと。だから、初めての出会いは病室っていう全然色気のない場所で」

私はベッドの上で、周平さんはよれよれのスーツ姿で。笑いながら言うと、早稲ちゃんも笑ってくれました。

「じゃあ、花さん。最初っから素っぴんで寝巻姿を周平さんに見られたんだ」

「そうなのよ！　後から考えるとすっごく恥ずかしくて」

二人で大笑いしました。

「でも、刑事さんだったのに、こうやって駐在所に来たってことは」

「うん」

私のためです。

「別に左遷《させん》とかじゃないのよ」

周平さんは私の身体と心の両方の傷を心配してくれた。医師としての道を断たれた私が刑事の妻となって、もっと殺伐とした事件を扱う日々を送る夫を待つような生活ができるんだろうかって。

「それで、ここに」

「うん」

実は、周平さんのお父さんも警察官でした。しかもお母さんは、出会ったときには看護婦さん。

「余程、病院関係に縁があるのかなって話したわ」

そして二人は、結婚してからは駐在所の警察官と妻として暮らしていました。今の私たちと同じです。

まだ周平さんが幼い頃にお父さんは病で亡くなってしまったのだけど、田舎の駐在所で暮らした幼い日々の思い出は、周平さんにとってても大切なものになっていたそうです。

「周平さんは、自分で異動を希望してくれたの。私と二人で、都会を離れて駐在所の警察官として暮らしたいって」

早稲ちゃんが、にっこり笑って頷いてくれました。

「二人には、ずっといてほしいなぁ」

「そうね」

任期がどれぐらいになるのかはわからないけど、雉子宮はとてもいいところ。周平さんもすっかり気に入っています。

「ここに居られたらいいなぁって思ってる」

「周平さんのお母さんは、じゃあ今はお一人で？」

「そう。お父さんが亡くなられてから仕事に復帰して、今も横浜市内の病院で看護婦さんとして働いている」

「花さんのお父さんやお母さんも横浜？」

「小さな運送会社をやってるんだ。二人とも元気よ。そのうちに遊びに来るって言っていた」

それを考えると、この部屋がたくさんある大きな駐在所で良かったかもしれません。いつ誰が来ても泊まれるんですから。普通の駐在所ではそうはいかないでしょう。
「じゃあ、運送会社の社長さん？　花さんは社長令嬢《れいじょう》なの？」
「そんなんじゃないわよ。本当に小さな会社。お父さんが社長でお母さんは専務ってい
う」
ふいに、風に乗ってきたんでしょう。窓から木の燃える匂いが漂ってきました。
「あの匂いって、炭焼きの匂いなんでしょう？」
早稲ちゃんに訊きました。早稲ちゃんもちょっと頭を動かして匂いを嗅《か》いで、頷きまし
た。
「そうそう。炭焼き小屋で炭を作ってるの。民蔵《たみぞう》さんね」
「西川《にしかわ》民蔵さんよね」
まだ会ったことはありませんけど、この辺ではただ一人の炭焼き職人だとか。
「私が小さい頃は、まだ三軒ぐらいあったんだけど、今はもう民蔵さんだけになっちゃっ
た」
その昔はけっこうな人数の炭焼きの職人さんがいたそうで、山のあちこちで炭焼きの煙
が昇っていたという話は聞きました。
「でも、民蔵さんも独り身なの。だからもし民蔵さんが辞めちゃったら、もう終わりか
な」

「そうなんだ」

「炭なんか使わないもんね。こんな田舎だってもうガスになっちゃってるし」

「そうね。でも、あの匂いは好きだな」

小さい頃に我が家の庭に薪《まき》ストーブがあったのです。

「父の趣味みたいなものでね。冬になると薪ストーブで火を焚《た》いて、落葉をくべたりそこでお芋《いも》を焼いたり」

木の燃える匂いがすると、そういう子供の頃の思い出が甦《よみがえ》ってきます。今はもう薪ストーブも、こんな田舎でさえあまり使っていません。

夜になって、風が強くなってきました。雨こそ降っていませんけれど、山の木々の音が風に乗って響いて雨戸を閉め切ってもはっきり聞こえてきます。

「台風並みかしら」

「そこまでひどくはないだろうけどね」

念のために、懐中電灯や長靴や雨合羽《あまガッパ》など、いつでも外に出ていける準備をしておきました。

台所の横に一応居間として使える和室はあるのですけれど、電話もテレビもラジオも駐在所の方にあります。ご飯を食べてお風呂から上がった後には、いつも駐在所の奥に置いてあるソファに座って過ごすことが習慣になりました。

ここにも後から造られた小さな炊事場と茶箪笥《ちゃだんす》があって、生活雑貨はいろいろ揃ってい ますから、きっと前任者の方々もこうして夜を過ごしていたのだと思います。

お茶やコーヒーを飲みながらテレビを観たり、図書室から本を持ってきて読んだりもし ます。図書室には大人も読める小説などがあるのでとても助かります。

警察官がお酒を飲んではいけないという規則はないのですけど、二十四時間いつ何があ るかわからないのが駐在所勤務。深酒《ふかざけ》は禁物《きんもつ》です。でも、周平さんも私もそもそもお酒は あまり嗜《たしな》まないので全然平気です。

周平さんが、このところずっと読んでいる『十五少年漂流記』から顔を上げて言いまし た。

「そうだ」

「うん」

「夕方にさ、康一のところに寄ったんだ」

佐久間さんこと、久米康一さんと、良美さん。春に、私たちとほぼ同時に雉子宮に来て、 駐在所で二週間ほど一緒に過ごしました。康一さんは荒っぽいところもありますけど、親 しくなれば気の良い人で、良美さんも料理好きの人懐こい女性でした。一緒にいたときに はいろいろと料理のメニューを教えてもらって、メモしておきました。

「元気にしてた？」

「元気だよ。忙しくて中々顔出せなくて申し訳ないって。花さんにもよろしくって」

「うん。元気ならいいんだよ」

そうだね、って周平さんも頷きます。

何も知らない、今までやったこともない畑仕事を良美さんと二人で始めようとしているのです。しかも佐久間さんの家の畑は荒れ放題でした。神主の清澄さんとお寺の昭憲さんの口利きで、今は近くの新田《にった》さんという農家のお手伝いをしながら、農作業の基本を覚えている最中です。

「前にも訊いたけど、大丈夫なのかな。向こうの方は」

「たぶんね」

ヤクザの親分から追われているかもしれない康一さんです。

周平さんが裏で、以前の同僚の刑事さんたちにあれこれと情報を回して、その親分さんは逮捕されてしばらく刑務所から出てこられないという話ですけど。

「名前も佐久間に変えているし、この二ヶ月の農作業で日焼けしたりたくましくなったりで、二人ともすっかり別人だよ。たぶん昔の仲間がここに来たって会ってもわからないよ」

過去にいろいろあったとしても、心を入れ替え真面目に生きようとしている二人です。

ここでささやかでも幸せを掴んでくれればいいと思います。

「そういえばね」

「うん」

「山小屋の坂巻くん、知ってるよね？」

「もちろん」

「何歳かは？」

周平さんが少し考えました。

「確か、二十六歳だったかな？」

そうです。〈雉子宮山小屋〉で叔父《おじ》さんである富田さんと働いている坂巻圭吾くんは、今年で二十六歳。村の中でも数少ない若い男性なんです。

「早稲ちゃんがね、ひょっとしたら坂巻くんと付き合ってるのかなーって思うんだけど」

「えー」

周平さんが思わず笑みを見せました。

「二人が？」

「そう。いや、はっきりは言わないのよ早稲ちゃん」

「言わないの？」

「だって、何かあったらすぐ噂《うわさ》になるじゃない。ただでさえ少ない若い男女が二人きりでその辺を歩いただけでもう結婚かって噂が進んじゃうようなところなのに」

「確かに。え、でも、何か二人にそれらしきものはあったの?」

「ちょっと前に早稲ちゃんが街に買い物に行くってお洒落してここに寄ったことがあったのね。バスで行くって歩いて出ていったら、そうしたら坂巻くんがちょうど山小屋の車で、岩魚《いわな》がたくさん釣れたからどうぞって届けに来てくれたの」

「へぇ、あ、あのときの岩魚か!」

「そうなの。それで、坂巻くんも街まで行くんだけど早稲ちゃんに乗ってくか、って。そのまま二人で車で出かけて」

周平さんもニヤニヤします。

「そんなすごい偶然はないよなぁ。さては駐在所をアリバイ作りに使ったか」

「でしょう?」

それはいいなぁ、と周平さんが頷きます。

「坂巻くんは真面目な男だし、早稲ちゃんもいい子だし。ここにいるうちに結婚式とかに参加できたらいいなぁ」

「嬉しいわよね」

赴任した先の駐在所で、地元の人たちの冠婚葬祭《かんこんそうさい》に出席できたらもうそこの人、とは前任者の方から聞かされていました。

そうなってくれれば本当に嬉しいなぁと思います。

＊

ふいに、眼が覚めました。

身体を起こすと、暗がりの中で周平さんも起き出したのがわかりました。

「何か、音がしたよね？」

「したように思う」

たぶん、それで眼が覚めたのです。

「地響き？」

「わからない」

低い音のように思いました。風の音とは違います。目覚まし時計を見ると、午前三時過ぎでした。

「でも、近くではなかったような感じだけど」

「そうだね」

二人とも寝ていたからはっきりとはしません。でも、確かにその音で眼が覚めたような気がします。

周平さんが蒲団から出て、あぐらをかきました。

「寝てていいよ。しばらく耳を澄ませているから」

「うん」

身体を横にして、でも私も耳を澄ませます。

まだ風は強いようです。風が山の木々を揺らす音は確かに聞こえますけど、台風ではないのでそんなにひどいものではないはず。ときどき家鳴りがしますけど、軋《きし》むほどではありません。江戸時代に建てられたというのに本当に丈夫なのは、その当時によほど贅《ぜい》を尽くしてしっかり建てられたのだと思います。

「何も聞こえないね」

「うん」

もしも、風で何かが倒れたり、何か事故とかあったのなら電話が入るかもしれません。二人で眠気を堪《こら》えて十分ほどもそうしていましたけど、電話も入らず、他に大きな音もしませんでした。

「大丈夫かな」

「寝ましょう」

もしも何かあったのなら、電話が入るでしょう。ずっと起きていても寝不足になって、明日の仕事に差し支えます。

午前六時半。朝ご飯の支度を終えてそろそろ周平さんを起こそうかと思ったときに、電話が鳴りました。慌てて台所から駐在所に走って電話を取ると同時に、周平さんも寝巻姿のまま入ってきました。

「はい、雉子宮駐在所です」

（あぁ、朝早く申し訳ない。長瀬寺の昭憲です）

昭憲さん。村にひとつのお寺の住職さん。

「おはようございます。どうされました？」

（実はね、昨日の風で本堂の裏の木が倒れて窓がこわされましてね）

「窓が？　お怪我は？」

（いやぁ、怪我はまぁしょうがないとして、どうも、泥棒がはいったみたいでして）

「泥棒ですか？」

ずっと近くに立って聞いていた周平さんの顔が引き締まって、電話を替わってと手を伸ばしました。

「もしもし、蓑島です。はい。泥棒ですって？　えぇ」

何度か相づちを打ちます。その間に私は寝室へ周平さんの服を取りに向かいました。朝ご飯も食べられないでしょうから、テーブルに並べたお味噌汁や卵焼きの上に蠅帳《はいちょう》を置きました。

駐在所に戻ると同時に電話が終わったようで、周平さんは少し首を捻りながら受話器を置きました。

「泥棒？　何が盗まれたの？」

訊くと、周平さんが、うん、と頷きながら少し顔を顰めます。

「どうも要領を得ないんだ。花さん、一緒に来てくれないか」

「私も？」

「割れた窓ガラスを踏んで足を切ったらしい。大したことはないと言っていたけど念のためにさ。それに」

周平さんが真面目な顔をしました。

「泥棒ということなら、現場検証が必要になるからね。僕は花さんの医者としての冷静な眼を信用しているんだ」

田平町にある梶原診療所の梶原先生は、小中学校の健康診断にも来てくれます。その際に、診療所に行くまでもないような擦り傷切り傷の類《たぐ》い、身体の不調の相談に乗るぐらいはしてもらえると助かるということなので、簡便な応急セットは病院から頂いて駐在所に常備してあります。

早稲ちゃんに電話して駐在所のお留守番を頼んでから、それを持って、警察官の制服に着替えた周平さんとジープに乗り込みました。

「要領を得ないってどういうことなの」

「どうも、仏像らしい」

「らしい」

　仏像らしいものって何でしょう。

「どうもその辺を、電話では昭憲さんは言葉を濁すんだ。とにかく何者かが夜中に寺に侵入したのは確からしい」

「そんなのを盗む罰当たりな人なんかいるのかしら」

　ジープの大きなハンドルを持って周平さんは頷きます。

「仏像専門の窃盗団というのは、昔からけっこう存在するんだ」

「そうなの？」

「ああいうものは、骨董品《こっとうひん》として金になる。余程の名刹《めいさつ》の名の知れたものでなければ、一度流通してしまえば足も付き難いしね」

　そういうものなのですか。

　長瀬寺は駐在所から東に四キロ程も進んだ先にあります。裏手はすぐに山になっていて、墓地も裏手からほんの少し上った先にあって雉子宮を見下ろす形になって、景色の良いところです。お寺の前は舗装されていないのですが、周平さんはそこには入らないで道端にジープを停めました。

「どうしたの？」

「タイヤの跡を見るんだ。こんな田舎に歩いて泥棒に入る他所者《よそもの》はいない」

そういえばそうです。

「でも」

周平さんが顔を顰めました。

「もしも近くに住む人間の犯行なら、歩いてくることも可能だろうけどね」

初めから交番勤務のお巡りさんの中には、事件捜査の経験がなく、決められたこと以外には気が回らない人がいるそうですけど、周平さんは元刑事です。事件の捜査は、お手の物です。

ジープを降りて、すぐに周平さんはしゃがみ込みます。私も動かないように後ろで少し腰を屈《かが》めました。お寺の前は広く開けて、ところどころに砂利《じゃり》が入っていますけど、ほとんど雑草が生えたただの地面です。

「タイヤの跡はつかないんじゃ」

「うん」

土が見えているところはあまりありません。

「それでも、昨日の雨で柔らかくなっている。夜中に車が入ったのなら何らかの跡はついているはずだけど」

はっきりは見えません。周平さんは持ってきたカメラを構えて、シャッターを一枚切りました。それから車が入ればそこを進むだろうという場所を慎重に避けて、ゆっくりと下を見ながら歩いていきました。

「少なくとも夜中に車が入った跡はなさそうだね」

本堂には引き戸の玄関があり、私たちが近づくとそこから薄灰色の着物を着た昭憲さんが出てきました。確かに、足に包帯が巻いてあります。

「おはようございます」

「おはようさん。朝早くからすみませんね」

「昭憲さん、まずは傷を見ましょう」

上がり口に腰掛けてもらいました。

「大したことはないですよ。少しばかり切っただけです」

包帯をほどいて、あててあったガーゼを取ります。確かに、ガラスを踏んで切ったような傷です。血がまだ滲《にじ》んでいますけど、それでも、切ったのはついさっきではありません。少なくとも数時間は経っている感じです。

「どう？」

周平さんも覗き込みます。

「大丈夫。縫うほどの傷じゃない。ちょっと傷口を洗いますね。沁《し》みますよ」

消毒液で傷口をきれいにして見てみます。

「破片もないようですね」

圧迫して新しいガーゼをあてて、これも新しい包帯で巻きます。

「後でまた取り換えますね」

「すみませんね」

周平さんが靴を脱いで上がり口に立ち、本堂の方を見ています。

「あれですか。割れた窓は」

「そうです。どれ」

昭憲さんが立ち上がろうとしたのを、周平さんが腕を取って助けます。そのまま周平さんは昭憲さんの腰を支えたまま本堂を見ました。動かないように、ということでしょう。昭憲さんも頷いて同じように本堂を見つめます。

周平さんが昭憲さんから身体を離してまたカメラを構え、一枚シャッターを切ります。

「盗難にあった現場というのは、この本堂ですね？」

「そうです」

「盗難を発見してからここに入った人はいませんね？」

「いませんよ。知っての通り今は私一人ですから」

昭憲さんは五十歳ぐらいだったと思います。二年前に前住職のお父様が亡くなって、お母様はそれより大分以前にお亡くなりになっています。

独身なので、もしも昭憲さんに何かあればこのお寺はどうなるのかと、以前清澄さんに訊いたら、甥御《おいご》さんが東京におられて僧籍に入っているので、彼が継ぐことになるのだとか。

「それで、仏像らしきものが盗まれたということですが」

ですが、ご本尊はそこにあります。

内陣《ないじん》、と呼ぶんでしたでしょうか。そこに一メートルほどの大きさの、たぶん如来《にょらい》様がいます。あれを盗むとなると相当大変なことになると思いますし、盗まれてはいません。そこにおられます。

「いや、実はですね。その裏にお厨子《ずし》があるのですがね」

「お厨子とは？」

昭憲さん、頷きます。

「まぁ小さな仏像を納めておく仏壇のようなものですな。見たことありませんかね」

何となくわかりました。

「その中に、小さな仏像があったのに、なくなっていると？」

昭憲さんが頷きますけど、確かに何となく歯切れが悪く思います。

「昭憲さんはここでちょっと待っててくださいね。現場を確認しますから」

周平さんは姿勢を低くして、本堂を眺めます。本堂は全部畳敷きです。奥が一段高くなっていますけど、そこも畳敷き。見たところ、足跡のようなものはついていません。

周平さんがゆっくりと本堂の端を回って奥に向かうので私もついていきました。確かに奥の壁に三つ並んでいる窓の、真ん中が割られています。ガラスの破片が本堂の畳に散っていますから、外から割られたのは間違いないようです。

そして、窓の下に泥の足跡がありました。

「周平さん」

「うん」

ゆっくりと近づいていって、周平さんは足跡を眺めています。

数枚、写真を撮りました。それから周平さんは窓から外を眺めました。本堂の裏手は山なのですが、ちょうど窓の近くの木が倒れて地面に転がっていました。それほど大きくはない木なのですが、根刮《ねこそ》ぎ倒れていますから、昨日の風が原因なのでしょうか。

「あの朝方の音って、これが倒れた音が聴こえてきたのかしら」

言うと、周平さんも頷きます。

「山の音は響くというからね。そうかもしれない」

周平さんがじっくりと見ています。確かにこの木が倒れて、窓に当たって割れたのかもしれません。

でも、そうすると。

「泥棒が入るのと、木が倒れたのが同時なの？」

そんな偶然ってあるのでしょうか。周平さんが首を捻りました。

「何とも言えないね。確かに足跡があるから誰かが土足で上がったことは間違いないけれど」

床に手を付くようにして姿勢を低くして、じっと見ています。カメラで写真を撮った後に、手帳を取り出してメモを取り始めました。図も描いているようです。

足跡は窓の下からすぐ始まり、そのまま歩いてちょうど本尊の裏側にある黒檀《こくたん》でしょうか、壁に囲われた中にある小さな仏壇のようなところまで続いています。合計で六個ついていました。

仏壇のようなものの、扉が開いています。

中は、確かに空っぽでした。

「この中に仏像が入っていたのね」

「そうらしいね」

その中も、周平さんは足跡を踏まないように近づいていってじっくりと眺めています。

それから振り返って、帰りの足跡をたどるようにして窓まで進みました。その足跡も六個あります。窓から出ていったんでしょう。

周平さんは、小さく息を吐いて、窓の周りを見て、そこの写真も撮っていました。

現場を細かく確認してから、改めて昭憲さんに話を聞きました。

午前三時過ぎに、大きな音がして眼が覚めたそうです。その時間は私たちが目覚めたのと同じですから、やっぱりあの音が木が倒れる音だったのでしょう。

「何事かと寝巻のまま本堂まで行きまして、風の音から窓が割れていることはすぐにわかりました。それですぐに懐中電灯を持って外に回ったら、あれですよ」

「木が倒れて、窓を割っていたことがわかった」

「そうです」

「そのときに、誰かの姿を見たり、物音がしたりは？」

「何も気づかなくてね」

そしてまた本堂に回って、片づけようとしたそうです。

「そのときにうっかりガラスの破片を踏んでしまってね。こりゃいかんと。自分の血で本堂を汚しては拙《まず》いとすぐにここに戻って、足の治療をしてね」

さてどうするか、と。雨は止んでいたので、風が入ってくる分には大したことはないですし、足の傷もあることだし歩き回って本堂を汚してはいけないと考えたそうです。

「明るくなってから誰かを呼んで片づけてもらうかと考えているうちに、うっかり眠ってしまいましてね」

「眠っちゃったんですか」

お恥ずかしい、と昭憲さん、苦笑いします。

「で、眼が覚めたらもう明るくなっていましてね。やれやれともう一度本堂を見に行ったら、足跡に気づきまして」

「ガラスを踏んだときには気づかなかったんですね？」

昭憲さん、頷きます。

「電気を消していたんでね。窓が割れていたから、明りに誘われて虫やら鳥やらが入ってきてはいかんと思ってね」

昭憲さんとはまだあまりお話ししたことはなかったんですけれど、意外とのんびり屋さんなんでしょうか。

「それでまぁ、足跡があるからこりゃ泥棒に違いないかと。盗まれたものはないかと慌てて見回すと、お厨子が開いていて、ない、と」

「小さな仏像がですね？」

うむ、と、昭憲さん頷きました。

「蓑島さんたちは聞いたことがないでしょうけどな。我が寺に伝わる秘仏《ひぶつ》でして」

「秘仏?」

それは、普段は誰にも見せない仏像のことですね。

「聖観音菩薩《しょうかんのんぼさつ》でしてね」

よくわかりませんが、ありがたいものであることは何となく感じます。

「それが、盗まれていた、と」

昭憲さん、唇をへの字にして顔を顰めました。

「おそらくは」

「おそらく?」

周平さんが言って首を傾《かし》げました。私も思わず眼を細めて心の中で「おそらく?」と繰り返してしまいました。

「それは、どういうことでしょう?」

「実はですね」

困ったように、少し首を傾げました。

「私も見たことがないのです」

「秘仏をですか」

「そうです」

「ないんですか?!」

周平さんと二人で顔を見合わせてしまいました。

長瀬寺に伝わる秘仏〈聖観音菩薩〉は、伝えられるところによると院甲《いんこう》さんという仏師《ぶっし》が鎌倉時代に彫ったものだそうです。七十年毎に一度だけ開帳するそうでして、昭憲さんもまだ見たことがないんだそうです。何故七十年なのかは、まったくわからないそうです。とにかくそう決められていたとか。

ただ存在していたことは間違いありません。亡くなられた前住職である昭憲さんのお父さんは、六十八年前に行われた七十年に一度のご開帳に立ち会ったそうですし、そもそも長瀬寺は江戸時代からここにある古刹で、当時からのお寺の記録帳のようなものにも秘仏の存在はちゃんと記されているそうです。

「それで、歯切れが悪かったのね」

「そういうことだね」

ジープに乗り込んで、二人で話しました。

とりあえず窓には周平さんが板を打ち付け、ガラスの破片をきれいに取り除いてから駐在所に帰ってきました。窓ガラスの修理は大工さんにお願いするそうです。

「現場を保存しておかなくていいの？　泥棒なのに」

うん、と、ハンドルを操りながら周平さんは頷きます。

「写真は撮ってあるし、傷害や強盗があったわけじゃないからね。それに」

「何？」

顔を顰めました。

「昭憲さんの言った通り、そこに本当に秘仏があったかどうかわからないんだからね」

「つまり、泥棒かどうかもわからないからってこと？」

「そういうこと」

周平さんが難しい顔をしています。

「そこに確かにあってなくなっているのなら状況からして窃盗だろうけど、ひょっとして何もなかったのなら窃盗にはならない。せいぜいが住居不法侵入だろう。そもそも、あんな風の強い晩に、山中のお寺に泥棒に入ろうとする奴がいるだろうか？」

私もそう思っていました。

「何よりもね、花さん」

「うん」

「秘仏がそこにあるってことを、知っている人はいったいどこにいるんだろうかってことだよね。こんな田舎の無名のお寺の、ただの古い小さな仏像なんだよ。あの足跡はまっすぐお厨子に向かってそのまま窓から出ていっている。その他にはどこにも足跡はなかった。

あれが泥棒の足跡なら明らかに秘仏だけを目的にしていたんだ」

そうなのです。そんなものを誰が盗むのでしょうか。

「こういう場合は、どうするの？」

「報告書はもちろん書くけれど、そもそも昭憲さん自身がそこに秘仏があったことを証明できないんだから、今のところ窃盗事件が起こった、との報告を上げようもないんだ。単に遺失物届けを書いて終わりになるかもしれない」

「でも、あの足跡は間違いなく誰かが侵入した跡よね？」

うん、と、頷きながらも周平さんは首を捻ります。

「そこは、きちんと確かめなきゃならない。まず僕はお寺のことにも詳しい清澄さんに確認して、それからお年寄りたちに話を聞いて回るよ」

「お年寄り」

そう、と頷きます。

「大体八十歳ぐらいのね。もしも、六十八年前にご開帳があって、秘仏を見たことがあるご老人がいるのなら、確かにその時点ではあったことにはなるからね。それがなくなっているということの証明にはなる」

駐在所に着くとすぐに早稲ちゃんが出てきました。

「早稲ちゃん、ごめんんね。留守番どうもありがとう」

「全然大丈夫よ。留守の間は電話も何もなかったから」

「ありがとう。清澄さんは家にいるよね？」

周平さんが訊くと、早稲ちゃん頷きます。

「ちょっと行ってくるよ。後は頼むね」

「わかりました」

小走りになりながら、周平さんが神社への階段を上がっていきます。

「昭憲さん、どうしたの？　何かあったの？」

早稲ちゃんが訊きました。隠したってしょうがありません。こんな小さな村ではすぐに話が広がります。

「それがね」

お寺の秘仏が盗まれたかもしれないことを話しました。でも、早稲ちゃんはきょとんとした顔をします。

「秘仏？」

「そう。知ってた？　長瀬寺にそういうものがあること」

ぶるん、と首を横に振りました。

「全然知らない。ご本尊の裏側？」

「そうなの。そこに小さな仏壇みたいなものがあって」

「話を聞いたこともないし、本尊の裏側なんて行ったこともない」

「そうよね」

私も、以前に何度か親戚の法事で本堂というところに入ったことはありますけど、裏側に回ったことなんかありませんし、考えもしません。

早稲ちゃんが難しい顔をして言います。

「仮にも同じ村の神社の跡取りである私が知らないんだから、他の人も誰も知らないと思うよ？」

確かに。


周平さんは清澄さんから話を聞いた後に、八十歳近くのお年寄りがいる家を確認して地図に印をつけてから、食べ損ねた朝ご飯を掻《か》き込むようにして、またジープで出かけて行きます。お昼は戻れないかもしれないので、おにぎりを作って持たせます。

それ以外は何事もなく一日が過ぎていきました。

学校が終わる頃にはまたいつものように、本好きの子供たちが図書室に集まります。ときどき、お母さんやお祖母《ばあ》ちゃんたちが集まっている子供たちのおやつにと、ふかしたお芋や、みかん、自分の家で作ったお団子などを持ってきます。

私もご相伴にあずかって、保護者の皆さんと話に花を咲かせたりもします。

本当に、毎日がそんなふうに過ぎていきます。

ここに来た初日を除いて、今まで目立った事件や事故はありません。酔っぱらって喧嘩《けんか》のようなものがあったり、トラックが畦道《あぜみち》で脱輪したりという小さなものはありましたけど、それはもう日常茶飯事のようなもので、日報に付けても、上に報告したりするようなものではありません。

ですから、今日の電話は初めての事件と言えるようなものでした。

「ごめんよ」

午後三時半を回った頃に、清澄さんが駐在所にやってきました。いつもの神主の衣裳を脱いで、普通のスラックスにシャツ姿でした。

「こんにちは」

にこりと微笑んで清澄さん駐在所を見回しました。図書室で子供たちが本を読んでいるのを、少し背伸びするように窓から見ます。

「蓑島さんは、まだ戻らんかい」

「はい、まだなんです」

うん、と、清澄さんは顔を顰めました。

「何かありましたか？」

「いや、それがなぁ」

ソファを勧めて、お茶を淹れます。清澄さんが軽く手を上げながらソファに座り込みます。

「朝方にな」

「はい」

「寺に泥棒が入ったかもしれんと聞いたときに、悪い予感はしたんだがなぁ」

「悪い予感」

私も向いに座りました。清澄さんは渋い顔をしながらお茶を一口飲んで、シャツの胸ポケットから煙草を取り出し火を点けます。

「蓑島さんが、朝からあちこちに話を聞きに行っとってな。もう噂が広まっとるんだ。泥棒が入ったってな」

だと思います。小さな村ですから、あっという間に話は広まるんです。

「今もな、高田んところで話をしてきた帰りなんだがね」

高田与次郎さん。正式な役職ではありませんけれど、この雉子宮で「村長」をしている方です。その昔はここの地主さんだった時期もあったとか。

「それでな、花さん」

「はい」

「あんな貧乏寺に泥棒に入るような馬鹿はおらんと皆が思ってる。ましてや秘仏なんてもんは、この私も話には聞いているものの見たことないし、あったとしても価値なんかあるんかってな。だとしたら、盗んだ人間は村のもんじゃないだろうと」

「そうですね」

私もそう思っていましたけれど、清澄さんは顔を顰めます。

「あ」

まさか。

「康一さんが？」

清澄さんが、煙草を吹かしながら頷きました。

「今、この村でよそもんは佐久間の康一だけだなぁ」

「そんな」

いやいや、と、清澄さんが手を振ります。

「私はそんなのあるはずないと思っとるよ。馬鹿な話をするなと怒っておいた。でもなぁ花さん、康一がこの村に帰ってきたんはまぁいろいろあったんだろうと皆が思ってる。真面目に一生懸命やっとるのも知っとるがな、まぁ火のないところに煙は立たんとも言うしな」

「疑われているってことですか」

「そういう話をする人間がいるってことでな。話が大きくならんうちに蓑島さんとも相談したいと思ってきたんだが」

「そうですか」

他所者と言えば私と周平さんもそうですけど、疑われるはずもありません。

康一さんが一度は指名手配されたことを私も周平さんも誰にも言ってはいませんけれど、そういうような噂もひょっとしたら知らないうちに流れて誰かの耳に入っているとしたら。

人の口に戸は立てられません。

「清澄さん、その話は康一さんも」

「泥棒が入ったのはもう知っとるだろう。そしてあいつは頭が回る男じゃから、自分が変な眼で見られることにも気づいとる。昼過ぎに、私に電話を掛けてきたよ」

「康一さんがですか」

「作業の休憩中にな。何かあったのかと。きちんと話はしておいたからそこは大丈夫と思うが」

溜息をついて、清澄さんは壁の柱時計を見ました。

「しかし、蓑島さんはどこまで話を聞いて回っとるもんかな。随分長かぁないか」

「そうなんですよね」

もう夕方の四時になります。

「この村にいる、ご開帳があった頃から住んでいる八十ぐらいのじいさんばあさんは、そ

います。

山や谷があるといっても、車なら一時間もあればぐるりと一周できます。話を聞いて回ったとしても二時間、三時間もあれば充分だとは思いました。確かに時間が掛かり過ぎています。

清澄さんと二人で溜息をつき、柱時計を見上げたときに、車の音がしました。二人で顔を見合わせます。

「帰ってきましたね」

ジープのエンジンの音は少し独特なのでわかります。玄関に出てみると、ちょうど周平さんの運転するジープが駐在所の前に停まりました。

「お疲れ様」

周平さんが車から降りてきます。

「何かあった？」

「清澄さんがみえています」

言うと、周平さんが頷きました。

「ちょうどいい。お願いしに行こうと思っていたんだ」

「お願い？」

そう、と、続けました。

「事を納めるお手伝いをね」

＊

晩ご飯を終わらせて、八時を回った頃に清澄さんがまた駐在所に来てくれました。周平さんがその時間にまた来てほしいとお願いしていたんです。早稲ちゃんも一緒に来てくれました。

周平さんは、長瀬寺で撮った写真を現像しておきました。これは、警察官なら誰でもできるというわけではなく、周平さんの趣味です。カメラは学生時代から趣味にしていて、現像もお手の物なんです。暗室を作ることもこの駐在所が広いからできたことで、喜んでいたんです。

インスタントコーヒーを淹れました。本当のコーヒーも飲みたいので、もしも今度町に出ることがあったら豆と一緒に一式買い揃えたいねと周平さんと話しています。

清澄さんと早稲ちゃんが二人で来たのがわかったのか、クロとヨネとチビもどこからか集まってきました。ヨネがソファの上に乗っかってきて、清澄さんに甘えます。私たちより清澄さんたちの方が、付き合いが長いですからね。

「まずですね、清澄さん、早稲ちゃん」

「うん」

「結論として、窃盗事件ではありません」

ほう、と、清澄さんの口が開きました。

「盗まれていないんですか？」

早稲ちゃんが言います。

「そう。秘仏は盗まれてはいません。ただ、あのお厨子からなくなっていることは確かなことのようです」

なくなっているのに、盗まれてはいないのですか。私も清澄さんも早稲ちゃんも首を捻りました。

「順を追って話しますね。村のお年寄りに話を聞いて回りました」

地図を広げました。

「八十歳以上のお年寄りは、中島《なかじま》さん、桑田《くわた》さん、田上《たのうえ》さん、新庄《しんじょう》さんに近藤《こんどう》さん、それから村上《むらかみ》さんですね。七十一歳の金澤《かなざわ》のふみさんもいますけど、ご開帳のあった六十八年前は三歳です。他にもまだその頃はほんの小さな子供だった人も何人かいますけど、証言としてはあやふやになるであろうと省いてきました。その中で」

人差し指で地図を示します。

「中島の勇《いさむ》さんが覚えていました。六十八年前、明治の四十年ですね。当時は十三歳だったそうです」

　明治四十年！

　昭和五十年の今からすると、本当に大昔です。

「そのときに、ご開帳があったと」

「あったそうです。ただし、そんな大きな出来事ではなく、勇さんもお父さんに連れられてお寺に行って、お菓子を食べて帰ってきただけだそうです。集まっていたのもほんの十人かそこらだったとか」

「そんなものなんですか」

　早稲ちゃんが言います。何か格式ばったものがあったわけではないのですね。

「ただ、勇さんははっきりと見たのを覚えていました。裏側に回って正座して、お厨子の中に納められている小さな黒っぽい仏像を。それが秘仏だったと」

　なるほど、と清澄さんが頷きます。

「その他にも、桑田のトクさんや新庄の房枝《ふさえ》さんも、そういえばそういうものがあったはずだと覚えていました。見た記憶はないけれども、お寺にはそういう仏さんが確かに納められていたはずだと。清澄さんも同じ村の神主として話を聞かされているのですから、まず秘仏自体が存在していたことは間違いないと確認できました」

　皆で頷きます。

「けれどもそれから六十八年間。その間、おそらく誰もそれを見ていないのでしょう。再来年のご開帳まで秘仏は眠っていたままのはずでした。ところが、今朝になってあの騒ぎです。秘仏はなくなっていました。泥棒が入ったようだと昭憲さんは言いました。木が倒れて割れた窓から侵入した者がいるらしいと」

しかしですね、と、周平さんが現像した写真を広げました。割れた窓が写っています。

「僕は現場を見てすぐに気がついたのですよ。その場では言いませんでしたけど、この割れた窓から侵入したにしては、おかしなところがあると」

「おかしなところ？」

清澄さんも早稲ちゃんも写真を見ます。私も覗き込みました。

「裏側の地面から窓の下部分までの高さはおおよそ百四十センチぐらい。まぁ僕の胸の辺りでしょう。そこから犯人が手を掛けて、よっ！　とよじ登って中に侵入したとします。当然本堂の中に泥のついた足跡が付きますけど、もう一ヶ所、泥の跡が付いていないとおかしいところがあるんです」

言われて、気づきました。

思わず手を打ってしまいました。

「窓の桟《さん》！」

「そう」

周平さんが頷いて、清澄さんも早稲ちゃんも、あぁ！　と声を上げました。

「こう、よじ登ったとして、窓の枠に、桟に片足を乗せないと本堂の中に入れるはずがないわな！」

「足を乗せないで、いきなり膝の裏側で引っかけるようにしても窓ガラスの破片があるかもしれないから、危ない！」

「その通りです。しかし、窓の桟には泥がひとつも付いていないんです。それはきちんと確かめました。床の足跡があれだけはっきりと泥の跡なのに桟にまったく泥が付かないことはありえません。仮に犯人がものすごく身の軽い男で、桟をひょいと飛び越えたとしましょう。そうなると窓の内側につく着地の足跡は、窓に対して横方向にしろ縦方向にしろ、二本の足がある程度揃って横並びで床に付いていないとおかしいんです。写真では片方ずつしか付いていませんね？」

「そうです！」

早稲ちゃんが言います。

「窓の桟から右足で降りて、すぐに左足を前に出した跡になってる！」

皆で大きく頷いた後に、でも、と、すぐに考えてしまいました。

「すると、蓑島くん」

清澄さんが顔を顰めます。

「これは、この足跡は、誰かが作ったってことになるんか？」

「はい」

周平さんが重々しく頷きました。

「僕らは、犯人が偽装工作をした、と言います。窓から侵入したと見せかけるために、誰かが泥のついた靴を履いて、足跡をつけたんです。そして、残念ながらそんなことをする可能性のある人は、今のところ昭憲さんしかいません」

清澄さんは、あんぐりと口を開けました。早稲ちゃんも丸い眼をさらに丸くします。

「つまり、昭憲さんは秘仏を盗まれてはいないのに、盗まれたということにするために、こんなことをしたってこと？」

私が言うと、周平さんが頷きました。

「しかし、なんでだ。あいつは仮にも僧侶《そうりょ》で、あそこは自分の寺だぞ。何だった、動機だったか？　そういう犯罪をするような理由は」

「それも、考えました。花さんも言っていたけど、昨日の風で木が倒れたのは確かだったよね？　花さんも現場を見た」

「見ました」

根本から倒れていました。

「きっと元から根本が弱っていたんだと思います。それが梅雨の雨であの木の根本の土は緩くなって、風で倒れたんだろうと」

「そうなんです」

　周平さんが続けます。

「そこは、まったく自然の出来事なんです。では、たまたま木が倒れたときに泥棒が入ろうとしたんでしょうか？　そんな偶然は神様しかできない。だとしたら、昭憲さんがその偶然を利用しようとしたとしか思えない」

「偶然を利用？」

「昭憲さんが、秘仏はもうお厨子の中にはないことを知っていたとしたらどうでしょう」

「知っていた？」

「そうです。再来年はご開帳の年です。もう若い人は誰もそんなことを知らないとはいえ、お年寄りの中には覚えている人もいる。どうしようかと悩んでいたはずです。そんなときに、夜中に木が倒れて窓ガラスが割れた。ひょっとしたら風でお厨子の扉も開いたのかもしれません。それを見たときに、昭憲さんが〈泥棒に入られたことにすれば〉と、思いついたとしたら？」

　清澄さんが眉間に皺を寄せて、腕を組みました。早稲ちゃんも顔を顰めています。

「もしも、私がその立場だったら、そんな考えが頭をよぎっても不思議じゃないかも」

　早稲ちゃんが言いました。私も、そう思います。もちろんやってはいけないことですけれど。

「お厨子の中は僕も確認しました。もしも長い間そこに仏像があったのなら、たとえ扉が閉じられていても埃《ほこり》や塵《ちり》が降り積もり、仏像の跡ぐらいは残っているはずです。でも、それすらもありませんでした。長い時間何もそこになかったように、跡は何もありませんでした。ですから、秘仏は相当昔からそこになかったことも確かだと思います」

「相当昔から、か」

清澄さんがそう言って、大きく息を吐きました。

「すると、蓑島さん」

「はい」

「村の年寄り連中から、前住職の昭寛《しょうかん》さんの、昭憲の親父の話も聞いて回ったんか。その上で、その考えに至ったと」

「そういうことです」

昭憲さんのお父様、ですか。

「前住職が、昭憲さんのお父様が、その秘仏をなくしたという可能性があるってことですか？」

私が訊くと、周平さんが頷きます。

「あくまでも、可能性だね。ずいぶん古い話だからそれがそのまま事実であると全面的に信じるわけにはいかないけれど、清澄さん」

「うん」

「前住職、昭寛さんは、いわゆる生臭《なまぐさ》坊主と呼ばれることもあったそうですね？　酒好きで、酔っぱらって法事の日付を忘れたこともあったとか」

「そうなの？」

早稲ちゃんが驚いて、清澄さんを見ました。清澄さん、唇をへの字にして頷きます。

「亡くなった人のことを悪くは言いたくないがなぁ。確かに昭寛さんは、坊さんにしては型破《かたやぶ》りなところがある人だった。しかしそこがいいと人気があったのも事実でな。法事の場で皆で酒飲んで盛り上がってな。故人を偲《しの》ぶのは賑やかな方がいいと大騒ぎするような坊さんだった」

そういう方だったのですか。周平さんが続けて言います。

「お金にも無頓着《むとんちゃく》で、御布施《おふせ》の代わりに野菜や米を貰って済ませていたとかも聞きました。そういう意味では本当に人間味溢《あふ》れるお坊さんだったんでしょうね」

「確かにな」

「でも、酒好きには変わりなかった。お寺に伝わる仏具やそういうものを売り払ってでも酒を買ってきたという話も聞きました」

「それは、どうなの？」

早稲ちゃんが怒った顔を見せました。

「すると、秘仏も」

私が言うと、周平さんが頷きます。

「その可能性が高いと思うんだ。昭憲さんが偽装工作をしたのが、それを裏付けている」

早稲ちゃんが頬を膨《ふく》らませて腕を組みます。清澄さんはおでこに手を当てて、天井を見上げました。

「なして、そんなことをなぁ」

「魔が差したとしか言い様がありませんね。昭憲さんはお父さんを反面教師にしたのか、お酒も飲まない真面目な方なんですよね？」

「そうそう。すごく真面目で、今まで独身なのもそのせいだってもっぱらの評判」

早稲ちゃんが腕組みを解いて言います。

「そういう人だからこそ、秘仏をお父さんが、ひょっとしたら売っ払ってしまったことをずっと悩んでいたとしても表沙汰にはできなくて、かしら」

「だろうね」

周平さんが小さく頷きます。

「それで、清澄さん、早稲ちゃん。お二人にこの話をしたのは、これを事件にはしたくないからです」

清澄さんが、うん、と頷きました。

早稲ちゃんも唇を引き締めました。

「この村の人たちは皆、長瀬寺の檀家の皆さんです。そこの住職さんが、そんなことをしたとわかってしまっては大変なことです。警察官である僕がご本人にこの話をして、昭憲さんが認めてしまえば、それは虚偽の事実を警察官に申告したということになり、間違いなく犯罪です。ひょっとしたら信用毀損《きそん》などもっと大きな罪になってしまうかもしれません。警察官である僕はそれを見逃すことはできません」

そういうことになってしまいますね。

「すると」

清澄さんが、ぽん、と自分の腿の辺りを叩きました。

「私がかい。昭憲に言い含めて、何もなかったことにすると。勘違いだったとでもすればいいことになるんか」

「僕は、それがいちばん良い方法だと思うんです。この雉子宮でいちばん皆さんの信用を得ているのは、警察官である僕でも村長さんでもない。お寺のお坊さんと神社の神主さんです」

「お父さんが、あの事件は勘違いだったと皆に言って、それを周平さんも認めれば」

早稲ちゃんです。

「そうです。跡取りである早稲ちゃんもそういうふうに言ってくれれば、若い人たちもそうだったのかと納得するでしょう。それで、佐久間の康一が疑われた噂も消えていくでしょう」

「知っとったか」

周平さんが頷きました。

「僕があちこち回っているうちにもうそんな話が聞こえてきました。誰が考えてもそんな噂が立ちますよね。それを早急に消すためにも、お二人にお願いしたいんです。昭憲さんに、事の次第を確かめてきてください。そして、勘違いだったことにすると、説得してください」

「わかった。そうさせてもらうか。ありがとうな。感謝するわ」

清澄さんが頭を下げました。

「僕に感謝する必要はないですよ。村の平和や平穏な生活を守るのが仕事です」

「でも」

早稲ちゃんです。

「どうやって皆にはごまかせばいいですか？　足跡があったとか盗まれたとか、もう広まってますよね」

「うん」

周平さんが、にこりと微笑みます。

「靴の足跡を見たのは、昭憲さんの他には僕と花さんだけです。ですから、あれは獣《けもの》の足跡だったとしましょう」

「獣」

「そう、獣。動物。猪《いのしし》でも熊《くま》でもあるいは狐《きつね》でも狸《たぬき》でもいいです。とにかく、木が倒れて割れた窓から獣が侵入した。その獣が、秘仏を取っていってしまったということにしましょう」

早稲ちゃんが、眼を丸くしました。

「動物が、秘仏を？」

「いやいくらなんでもそりゃあ」

清澄さんが言いますけど、周平さんは大丈夫、と続けました。

「秘仏は、伽羅《きゃら》などの香木《こうぼく》でできていたとかすればいいんじゃないですかね」

「伽羅か」

「香木？」

それは。

「香木って、いい香りのする木のことよね？」

「そう。動物は香木の匂いを好むって話もあります。熊がそれに誘われて穴に落ちたなんて話もね。だから、たまたま割れた窓ガラスから入ってきた獣がその匂いに気づいて、持って行ってしまったんじゃないかということにしましょう。それなら」

周平さんが、軽く手を合わせて笑みを見せました。

「全てが、丸く収まります。もちろんこの写真はネガも一緒に処分しておきますから」

〈魔が差す、という言葉がありますけど、あれは『間が差す』に通じると言います。間とは、隙間です。ほんのちょっとしたことで空いた、もしくは開いた心の隙間に、するっと何か黒いものが忍び込んでしまうというのは、どんな人にでもきっとあることなのです。私や周平さんだってそうです。嫉妬《しっと》や傲慢《ごうまん》な心や虚栄心など、様々な黒いものがふいに心の隙間に入ってしまうことはあるんです。

それ自体を咎《とが》めることは、誰にもできないと思います。

きっと周平さんはこのことは日報には付けていません。だから、私もここには書けません。けれども、周平さんは今日も正しく、ここに住む人たちの平穏な生活を守ったとだけ書いておきます。〉

夏　金曜日の蛇は、愚か者

着て、でもその隣で私は普段着の半袖のブラウスにエプロンとか、涼しくもかつすごく家庭的な格好をしているので、ちょっと申し訳ないなと思います。

あれですよね、警察も駐在所に赴任する妻のために、ちょっと堅苦しい感じの制服を一枚支給してくれればいいのになと思います。

でも、昔の家というのは本当に良くしたもので、きちんと開け放てば風が通り抜けるんですね。ちりんちりんと鳴る風鈴も吊るして、打ち水などしておけば、意外と駐在所の中では涼しく過ごすことができました。

それに、あまりにも暑い日には、何せ職住一体ですからちょっとお風呂まで行ってさっと水浴びしてすぐに戻ってこられます。こういうのはいいよなぁと周平さんも言っていました。

ここに来て初めての夏もそろそろ終わりに近づいています。夏休みもあと数日。子供たちも宿題を終わらせることに追われているらしく、図書室にやってきて見せ合いっこしながら、一日を過ごす子供たちもいました。

周平さんがいつもの午前中のパトロールに出かけ、私は図書室でのんびりと洗濯物を畳んでいました。

何せ図書室が派出所の隣の部屋なので、結局ここで家事をするのがいちばん便利なんです。もちろん子供たちも四六時中いるわけじゃありませんし、美千子ちゃんも、前に住んでいた奥さんもそうしていたと言っていました。

ただの警察官の奥さんじゃなくて、駐在所の一員でもあるわけですから、いつ何時緊急の電話や無線が入るかもしれません。周平さんが外に出かけているときには、常に駐在所の近くにいた方がいいんです。

ジープの音が聞こえてきました。縁側から道路が見えるので、周平さんが運転して帰ってきたのがすぐにわかります。

「お帰りなさい」

「ただいま」

午前のパトロールから戻ってきた周平さんが、帽子を脱いで壁に掛けて、汗をハンカチで拭《ふ》きながら言います。板間の上で寝転がっていたチビが、お帰りなさいとばかりに周平さんの足下に寄っていきました。

夏は猫たちが寄ってくると、暑いですよね。

「今日も蒸すなー」

「そうね。麦茶飲む？」

「貰う」

台所まで行って、冷蔵庫で冷やしておいた麦茶をコップに入れて戻ります。

「はいどうぞ」

「ありがとう」

一気に飲んで、胸ポケットから煙草を取り出して火を点けました。

「途中で神社に寄ってきたんだ。川の件で清澄さんと話してきた」

「あの、水が濁った件？」

「そう」

一昨日のことです。中瀬川の水に濁りが出ていたという話が出たのです。

雉子宮を流れる三本の川は、どの川も清流で、雨が降った後以外は濁ることはほとんどまったくといっていいほどありません。

ここしばらくは雨がまったく降らない晴天の日が続いたのに、昨日の朝に突然濁った水が中瀬川を流れていたそうなのです。

「濁りだけじゃなくて、木の枝とかも一緒に多く流れていたらしいんだよね。だから、どこか上流の方で木が倒れて流れたんじゃないかって」

この間長瀬寺の木が倒れたように、そういうことは、そんなに珍しいことではないそうです。

「だから今日にでもちょっと川沿いを歩いてみようかって話が出ててね。どこか道が崩れていたりしたら困るからって」

「そうね」

本来はそういうことは、山を所有する市や県の土木課などの部署の仕事でしょうけど、毎日の暮らしの中で細かいことを言ってるときりがありませんし、対応も遅くなります。自分たちの村のことは、住んでいる村人が守る。古い土地ではそういうことはあたりまえのようにされています。

雉子宮では、村長である高田さんと、神主である清澄さん、消防団の団長である軒下《のきした》さんの三人が中心になってそういうことをいつも話し合っています。もちろん、周平さんも駐在としてそこに参加します。

もっとも、高田さんも軒下さんも普段は自分の家の畑仕事もあります。なので、正直言って毎日そんなに忙しくはない神主の清澄さんのところに、そういう情報が皆から入ってきて、そして清澄さんが声を掛けてきて、周平さんと二人で話し合うことも多いのですよね。

何せ神社と駐在所は目と鼻の先ですから、ここではいつの間にかそういう形が習慣になったようです。

どこかから子供たちの声が聞こえてきました。

「もうすぐ学校が始まるね」

「うん」

学校が始まると朝の見守りも始まります。夏休みの間は少し朝はのんびりできたのですけど、また二人で子供たちの登校や下校を見守る時間が増えます。

「今年の夏はやっぱり雨が少ないって」

よっこいしょと周平さんが事務用の椅子に座りながら言いました。備品の机も椅子も今の事務用のデスクや椅子と違って相当昔のもので、全部木製です。そのせいか、身長の大きな周平さんが座ると少し小さく感じます。

「そうなんだ?」

「皆がそう言ってるね。夏涸《なつが》れとまでは言わないけれど、このままだとちょっと秋が心配だって農家の人たちが」

「大変よねぇ」

自然はいうことを聞いてくれません。ほとんどの家が農家である雉子宮の一年は、天候の様子を見ながら暮らしていく毎日です。

「お昼ご飯はそうめんでいい? ショウガもたっぷり摺《す》って、お野菜を塩コショウと醤《しょう》油《ゆ》で炒めて」

「いいね。ぬか漬けも出してよ」

夏の間は野菜を買わなくて済むとは前任者の方から言われていましたけど、本当です。毎日のように周りの農家の人たちが、自分たちが作っている野菜を届けてくれるんです。とても二人では食べ切れない量になることもあるので、キュウリに味噌をつけて図書館にやってくる子供たちに配ったり、ぬか床をわけてもらってぬか漬けも作っています。おかげですっかりぬか漬けには詳しくなりました。

　いつもお昼ご飯は台所のテーブルではなく、駐在所のソファに座って向い合って食べます。台所で茹《ゆ》でたそうめんをざるに盛って皿に載せて、くたびれたソファに挟まれたテーブルに置いて、いただきますを二人でします。

「そういえば、雨が降らないから川の水も少なくて、今年は川が暴れる心配もないって早稲ちゃんが言ってたわ」

「そう。でも、あれだよ。秋になって台風がやってくると、それこそ中瀬川の上流がいつも危ないらしいね」

「どの辺なの」

「あそこの川沿いを上がっていく道があるよね。黒滝《くろたき》まで行くところ」

「あぁ、うん」

　小さな細い川沿いにずっと緩やかに上っていく山道です。緑のトンネルのように木々が覆いかぶさるようになっていて、晴れていると木漏れ日と川のせせらぎでまるで童話の世界に迷い込んだような気分になれるところ。

「あの辺は山滑りが多いらしいんだ」

「山滑り？」

「山の地面がちょっと緩いみたいだね。地滑りのように崩れるところがあるから、大雨や台風のときには絶対に入らないようにって教えてるらしい」

そういえば子供たちもそんなことは言っていました。

ここに住んでいる子供たちは山遊びも川遊びも本当に大得意ですけど、昔から危ないところは大人たちに教えられていて、そこには絶対に近づかないようにしていると。上級生から下級生にもそういうのは伝えられて、見ているといい関係だなぁと思います。

「自然児たちよねぇ」

周平さんも微笑みます。

「医師としても、やっぱり都会で育った子供とは違うと思うんじゃないかい」

「思う！」

それは日々思います。

「たまに、足とか身体を触るじゃない？　怪我したとか身体がだるいとかで」

「うん」

「私は小児科医じゃないし、スポーツの専門家でもないから詳しくないけど、筋肉の付き方とか動きとかやっぱり違うなぁって思う。どっちがいいとかじゃないけど、確実に田舎の子供の方が全般的に丈夫よね」

だろうなぁ、と、周平さんも頷きます。

「うん？」

二人で外の方を見ました。

たったった、という子供が走る軽やかな靴音がいくつか聞こえてきたと思ったら、私を大声で呼ぶ声が響きました。

「花さーん！」

あれは、美千子ちゃんの声です。その他にも何人かの男の子や女の子の声も聞こえてきました。

遊んでいる声じゃありません。切羽詰まったような声です。

周平さんと何事かと顔を見合わせ、二人で同時に立ち上がって玄関から外に飛び出すと同時に、美千子ちゃんがぶつかるようにして飛びついてきました。

「どうしたの！」

「蛇《へび》に噛《か》まれた！」

「えっ！」

「蛇？」

「どこ？」

思わず美千子ちゃんの身体を離して探ります。

「私じゃない！　琴美《ことみ》ちゃん！」

琴美ちゃんは、ここにはいません。

「どこで⁈」

周平さんが聞きました。

「黒滝の途中！」

山の中ですか。

「途中までジープで行こう！　花さん、救急の道具！」

「はい！」

慌てて応急セットを持ち出しました。でも、実は蛇の毒の血清《けっせい》などはありません。ああいうものは、特別な場所でなければ置いていないんです。毒蛇じゃなきゃいいんですけど。

他の子供たちは駐在所に残して、早稲ちゃんに電話で留守番を頼んで、それから美千子ちゃんを乗せて中瀬川の川沿いをジープで走って行くと、昭くんとその他にも二、三人の姿が見えました。こっちに向かって手を振っています。その表情を見て少しホッとしました。皆が元気そうです。

「琴美ちゃん！」

道端の石の上に四年生の琴美ちゃんが座っていました。ちょっと眼が潤《うる》んでいますけど顔色は悪くありません。

「花センセー、大丈夫だよ」

　昭くんが言います。

「嚙んだの、青大将《あおだいしょう》」

「青大将？」

「そう、こいつ」

　こいつ、と言って指差したのは五年生のマサルくん。マサルくんはにっこり笑って手を上げると、その指は蛇の尻尾を摑んでいました。蛇は暴れもしないで、くったりとしています。

「ちょ、ちょっと待ってこっちに近づけないでね」

　嚙まれたという琴美ちゃんの足を見ます。

　確かに嚙まれたような小さな痕《あと》がふくら脛《はぎ》のところにあります。でも、小さく赤い点がありますけど、腫《は》れたり肌色が変化したりはしていません。毒蛇に関してはまったく詳しくはありませんが、毒が入るとすぐに腫れてくる場合があるはずですけど。

「ふんづけちゃって、びっくりして嚙まれたんだよ。こいつは滅多《めった》に人を嚙まない蛇なのにさ」

　昭くんが言います。蛇にも詳しいんですね。

「痛くない？」

「うん。大丈夫」

すぐに消毒します。

「間違いなくこいつに嚙まれたの？」

周平さんが訊きました。

「そう。すぐに捕まえたから間違いない」

昭くんが言います。その間にマサルくんはぶんぶん蛇を振り回しています。もう死んでいるみたいですけど本当に振り回さないでほしいです。目の高さでぶらさげて、じっと見ています。周平さんがマサルくんから蛇を受け取ります。

周平さんも都会っ子のはずなのに、蛇、そんなふうに触れるんですね。

「大きくないし、確かに青大将だね」

「わかるの？」

「図鑑では見たことある。図書室にあるよ」

私は蛇の見分けなんかつきませんけど、琴美ちゃんの足の傷は確かに虫刺されよりも少し大きい程度です。痛みも何もないのなら、本当に毒蛇ではない青大将みたいですね。

「ちょっとびっくりしただけなのに、大げさなんだよ」

マサルくんが言いますけど、美千子ちゃんがそんなことない！　って怒りました。

「痛かったし怖かったよね」

美千子ちゃんが琴美ちゃんをなぐさめます。

「大丈夫かな？　診療所に運ばなくてもいい？」

周平さんが琴美ちゃんの足を覗き込みます。

「痛みは本当にないのね？」

「ない」

琴美ちゃんが頷きます。

「間違いなく青大将なのね？」

「ゼッタイにそう！」

昭くんもマサルくんも言います。

「それなら大丈夫だとは思うけど、一応その蛇を袋に入れて、診療所に確認した方がいいと思う。梶原先生なら地元の人だから蛇の種類にも詳しいだろうし、蛇とか虫とか、そういう生き物絡みの怪我でやってくる人も多くいるって言っていたから」

よし、と、周平さん頷きます。

「ジープで診療所まで送っていこう。途中で琴美ちゃんの家に寄ってからね」

「でもさ、ミノさん」

昭くんです。

「この辺さ、なんか急に蛇が増えたんだよね」

「増えた？」

そう、って昭くんは頷いて、ちょっと来てと歩き出します。

「あの辺」

指差したのは、山道の途中です。このまま上っていけば黒滝のところに出ます。その向こうには炭焼き小屋もあるはずです。

「けっこう黒滝に行くのに通るじゃんか。蛇ってさ、人の歩くとこにはあんまり出ないもんなんだよ。でも、ここんところ急に出るようになったんだ」

「ここのところ?」

周平さんがちょっと顔を顰めました。

「ここのところって、いつぐらいから?」

えーっとね、と、昭くんが考えます。

「二、三日前から」

「本当に最近だね」

黒滝は小さな滝なのですが、やはり小さな浅い滝つぼがあってそこは子供たちが泳ぐのにちょうどいい深さと広さなんです。陽もよく入るしまわりには草原も岩もあって、夏休みの晴れた日にはいつも子供たちが泳いで遊んでいます。

なので、この道は子供たちがよく通るのですよね。今日もきっとそうだったんでしょう。

「蛇が出るのか」

周平さんが山の方を見ます。蛇が出てくるとしたら山の方からですよね。

「あとね」

マサルくんが、ちょいちょいと後ろから周平さんを突《つつ》きました。

「夜中に化け物みたいなのが出たらしいって。カズキが言ってた」

「化け物？」

「あ、私も聞いた」

「美千子ちゃんも？」

美千子ちゃん、頷きます。

「炭焼きの西川の民蔵さんが、化け物に遭ったたって。それで、なんか家に隠《こも》っちゃって大変だって」

「化け物って、どんなもの？」

訊いたら、美千子ちゃんは首を横に振ります。

「知らない。何か変な動物みたいなものらしいけど」

「オレも知らない」

カズキくんです。

「父ちゃんが言ってた。民蔵さんが変なものを見たらしいから、暗くなる前に帰ってこいよって昨日言ってた」

「昨日か」

周平さんが難しい顔をしてまた山の方を見ました。

「民蔵さんの炭焼き小屋って、そっちの山の方だったよね？」

そうだよ、って子供たちが皆で頷きました。

「行ったことないの？」

「まだないんだ。よし、取りあえず行こう琴美ちゃん」

周平さんが琴美ちゃんをひょいと抱っこしてジープの助手席に乗せました。私は後ろに乗ります。

「皆も蛇には気をつけて帰るんだよ！」

一度駐在所に戻り、蛇をずだ袋に入れてから、周平さんは琴美ちゃんを乗せて家に一度寄ってから、診療所に向かいます。

いつものようにお留守番をしてくれていた早稲ちゃんは、残っていた子供たちに、蛇に噛まれた話は聞いていたみたいです。

「まぁたまにあることですよ。心配ないです。毒持ってる蛇はそんなにいないし、そもそも出てこないし。あれは間違いなく青大将だったし」

早稲ちゃんが言います。やっぱり早稲ちゃんも蛇の種類はわかるんですね。

「蛇より蜂《はち》の方が怖いですよ。スズメバチ」

「あぁ、スズメバチはね。怖いわよね」

横浜の医大病院に勤務していたときも、スズメバチに刺されて救急で運び込まれてきた人は何人もいました。

「早稲ちゃんも蛇に嚙まれたことある？」

ううん、と首を横に振りました。

「いくら山の中の村でも、蛇に嚙まれることはまぁそんなにはない。一年に一回か二回か話に聞くぐらいで。蛇だけじゃなくて野生の生き物は、基本的に人を避けるから逃げていきますよね」

「そうよね」

「でも、青大将とかはたまに木の上とか、納屋《なや》とかの天井とかから落ちてくることもあるから気をつけてね」

「そうなの？」

「たまーにですよ」

驚いたら早稲ちゃんに笑われます。

怖いのは蛇よりも猪だって話も聞いたことがあります。猪はどんなときにも人間に向かってくるとか。そして、身体は小さくても牙があるので危険なんだとか。

「だから猪突猛進《ちょとつもうしん》って言葉もあるんですよね」

「そうなのよね」

でも、たぶんですけれど、そういう野生の動物たちに襲われて死亡する患者さんは、交通事故で亡くなる方々よりもずっとはるかに少ないはずです。

「そういう意味では、いちばん怖いのは人間ね」

早稲ちゃんが言います。確かにそうです。

「やっぱり、あれ？　そういう交通事故とかで運ばれてきて、手術しても亡くなっちゃう人ってけっこう」

少し顔を顰めて早稲ちゃんが訊きます。頷きました。

「少なくはないわね。もっともそういう重傷の患者さんは、運ばれてくる前にもう駄目って場合も残念ながら多いんだけど」

医者が手を尽くして一時は命を取り留めても、その日のうちに亡くなってしまう場合だってあります。そんなことは、本当に多く見てきました。

うーん、って早稲ちゃんが唸《うな》りました。

「周平さんが、刑事をやめて駐在所勤務にしたっていうのもよくわかる。本当にお医者さんって、大変な仕事ですよね」

「仕事は、何でも大変よ」

これは本当にそう思います。

「仕事は、人が生きていくために、自分の人生を作るためにずっとやっていくものなんだから」

神職である神主さんだって、大昔から人の心に寄り添い、拠り所となって文字通りに大勢の人の心を支える柱となって生きていくお仕事です。

「外科医は、身体の傷は治せるかもしれないけど、心の傷は治せないから」

「そんなの」

早稲ちゃんがぶんぶんと手を振ります。

「ごめんね。そんな話をするつもりはなかったのに変な方向へ」

「大丈夫大丈夫」

医者だった人間としては多少苦々しく思ってしまうんだけど、最良の薬は時間だ、と言います。少しは良くなったけど、まだあまり動かない右手の指のことも今はほとんど気にしていません。

「あ、帰ってきた」

ジープが駐在所の前に停まります。

「お帰りなさい」

「ただいま。琴美ちゃんは大丈夫だよ。やっぱり間違いなく青大将だから心配ないって」

「良かった」

毒の無い蛇なら、嚙まれてもちゃんと消毒しておけばどうということはありません。むしろ蜂やアブに刺された方が、その人の体質によってはひどく腫れたりします。

「早稲ちゃん、これから清澄さんと出かけるから一緒に神社に戻ろうか」

「あ、そうですか」

早稲ちゃんが立ち上がります。周平さんがブーツから長靴に履き替えていきます。軍手や警杖《けいじょう》も持ち出しました。

「ちょっと清澄さんと一緒に山を見てくるから」

「中瀬川の方ね」

そう、と、周平さんが頷きます。

「蛇や化け物の話も気になるからね」

早稲ちゃんが神社に戻り、周平さんが山に入っていってしばらくしてから昭くんと美千子ちゃんが図書室に顔を出しました。縁側から入ってきて、上がっていきます。

「花さん、琴美はもう何でもないって」

昭くんが教えてくれました。

「良かったわ」

「青大将は、嚙まれたって全然平気だからね」

諭すように昭くんが言うので、苦笑いしながら、わかりました、と頷きます。

「ミノさんは山のパトロールに行ったの？」

美千子ちゃんが、駐在所の方を見てから言いました。

「そうよ」

そっか、と、少し美千子ちゃんの表情が曇ります。

「どうかした？」

ううん、と首を横に振ります。

「化け物って、怖いから」

確かに私も化け物は好きではありませんけれど、遭ったことも見たこともありません。

そもそも化け物とは何なのでしょうか。

「そういえば、ここには、何かそういう伝説とかあるのかしら」

「伝説？」

「昔からの言い伝えとかあるでしょ？　それこそ河童《かっぱ》が住んでいるとか、だいだらぼっちだとか」

「油すましとか？」

それは知らないですけれど、たぶん妖怪とかの類いなんでしょう。ここにもそういうような本が置いてあったはずです。

「雷さまが落ちるって話があるよ」

昭くんが言いました。

「雷さま」

そう、って頷きます。

「参月沼《さんげつぬま》ってあるじゃん」

「うん、聞いた」

山の中にある小さな沼です。行ったことはありませんし、そもそも人が立ち入れるほど開けてはいなくて獣道もないとか。本気で行こうと思うならそれなりの格好をして大人が何人かで行かなきゃ駄目だと言われました。

「あそこにさ、悪さをした雷さまの子供が空から落とされるんだって」

「落とされるんだ」

「あの沼の周りに高い木がたくさんあるから、雷が落ちることが昔っからあるんだって。だからそんなふうに言われたたって」

美千子ちゃんが言います。なるほど、昔からの言い伝えっぽいですね。

「じゃあ、化け物も雷さまかもね」

言ったら、美千子ちゃんも昭くんも首を傾げました。

「それとは違うかな」

「違うの？」

うーん、と、昭くんが腕を組みました。

「なんか、たまーに出るよな」

「うん」

美千子ちゃんも頷きます。

「出るって、化け物が？」

「化け物ってか、変なもの。たぶん猪か熊だと思うんだけど姿は見せないんだよね」

「前に山狩りしたときも何もいなかったんだよね」

「そうなんだ」

だから、と、美千子ちゃんが続けました。

「姿が見えたっていうのは、なんか気になる。イヤ」

「イヤよねぇ」

私もイヤです。

でも、山は大昔は異界と思われていたって何かの本で読みました。神様だって山に住んでいますしね。山伏だって修行するのは山ですよね。山岳信仰というのがあって、神社だってお寺だって山の中が多いはず。

ずっとここに住めば、もっともっと山や川といった自然のありがたみも身に沁みてきそうです。

夕方になって周平さんが帰ってきました。

「ただいま」

「お疲れ様」

やれやれと、周平さんが泥のついた長靴を脱いで、ブーツに履き替えます。

「お茶にする？　それともコーヒーでも」

「あぁ、コーヒーにしようかな。砂糖も入れて」

「はい」

普段は砂糖を入れませんけど、疲れたときは甘い物が欲しくなりますよね。周平さんは砂糖を二杯入れてかき混ぜないで、底に溶けて溜まった甘い部分を最後に一口飲みます。何でも、刑事になった頃に、アメリカの軍人さんに教えてもらった飲み方だとか。

「どうだったの？　蛇とか山滑りとか」

訊くと、うん、と頷きながら椅子に座りました。机の上にこの辺りの地図を広げます。

「歩いたところでは山滑りは確認できなかったんだ。だから、濁りの原因はわからない。あれより上流で何かが崩れたとして、ここまで来る頃には濁りは拡散してわからなくなってるはずだからって」

「そうか」

確かにそうです。ずっと土で濁った水が溜まったままで下流まで流れていくはずもありません。

「だから、川岸で何か崩れて濁ったんならこの辺だろうってところは歩き回ったんだけど、何もなかった。まぁそれはそれで、ないならいいんだけどね」

「うん」

周平さんが顔を顰めました。

「でも、蛇はね、昭くんが言うように本当にたくさんいたんだ」

「いたんだ」

「ちょっと藪《やぶ》の中を突いたり探ったりしたらね、けっこうな数の青大将がいてね。清澄さんも驚いていた。こんなに蛇が集まるはずがないって」

集まるはずのない蛇が集まっていたんですか。

「どうしてかしら。はい、どうぞ」

「ありがとう」

さてね、と、周平さんはコーヒーカップを手にして、一口飲みます。それから煙草を取って火を点けました。

「原因はまったくわからないなぁ。蛇の専門家にでも原因を確認しないとね」

「確認できるの？　専門家に」

首を横に振りました。

「警察の仕事じゃないからどうしようもない。そもそも青大将だから被害があるわけでもない。けど、一応ロープを張って、しばらくの間は通行禁止にしておいたよ。まぁ夏休みも終わるし、子供たちも通ることはないだろうし」

「放っておくしかないのかしら」

「しばらくしてから、消防団を集めてもう一度探ってみるって。ばらけていたらそれでいいし、まだ集まっているようなら捕まえて、可哀想だけど処分だね」

「処分かぁ」

蛇が好きだとは言いませんけど、無闇に殺されるのは確かに可哀想です。うまいこと散ってくれればいいんですけれど。

「美千子ちゃんが化け物の心配をしていたけれど」

うん、と、周平さんは頷いて、煙を吐きました。

「清澄さんにも聞いたんだけど、何でもその化け物の話はたまに出るんだけど、たぶんまぁ猪か何かを見間違えてるんだろうって」

「でも、あの炭焼き小屋の民蔵さんの話は」

「そうなんだよね。炭焼き小屋まで行ってきて話は聞いたんだけど」

少し顔を顰めました。

「民蔵さんって、全然会ったことなかったよね？」

「ないの。話はいろんな人によく聞くんだけど」

雉子宮でただ一人、炭焼き小屋で炭を作っている職人さんです。

「まだ四十ぐらいってことは早稲ちゃんから聞いたけど」

「元々人付き合いの薄い人らしくてね。家もあるんだけどほとんど炭焼き小屋から下りてこないみたいなんだ」

農家の人たちはそんなことはないんです。もちろんぶっきらぼうな人や無口な人もいますけど、皆で助け合わないとやっていけないので繋がりは深いんです。

「それでも、まぁ神社や寺ではいまだに炭をよく使うし、卸しに来てはなんだかんだと世間話する程度の愛想はあるんだけど」

「けど？」

周平さんが、唇を少し尖らせます。

「何か引っ掛かるんだよね」

「何が？」

「民蔵さん、何かを隠しているみたいだ」

何かを。

「ひょっとしたら、化け物の話は民蔵さんの狂言かもしれないなって」

「狂言?」

「そう」

「人を驚かせるために、民蔵さんが化け物の噂を流したり、化け物の格好をしたりしたってこと?」

「そんな感じなのかなぁって、会って話してちょっと思ったんだ」

「何のために?」

「わからない。そんなことをする人には見えないんだけど、でも何か隠しているような気がするんだ」

周平さんの、警察官としての勘なんでしょう。

「でもまぁ、事件が起こっているわけでもないしね。少し気をつけて様子を見ていることにするよ」

「そうね」

六時過ぎには周平さんも制服を脱いで着替えます。雨風が強いときは別にして、いつも開けっ放しにしている駐在所の玄関の扉も閉めて、門灯だけは一日二十四時間点けっ放しです。

その頃には私も晩ご飯の支度を始めて、七時頃には二人で台所に置いたテーブルでご飯を食べます。テレビは駐在所にあるので、ポータブルラジオを点けてニュースや音楽番組を聴きながらのご飯。

田舎にいたとしても、世の中の動きというものを警察官としてきちんと把握しなきゃなりません。新聞も朝夕と周平さんはじっくりと熟読します。毎日ずっと一緒にいますから、向い合ってご飯を食べるからと言って取り立てて話し合うこともないんですけれど。

今日の晩ご飯は春雨《はるさめ》とひき肉の炒めものに、お茄子とオクラの味噌汁、ぬか漬けはキュウリにお茄子、だし巻き卵にはキャベツをたくさん入れてみました。

ひょろっとしている周平さんですけど、体力勝負の警察官ですからご飯は山盛りで二杯は軽く食べます。

「来年には一度横浜に行こうと思うんだ」

「横浜に？」

もちろん、私と周平さんの故郷です。

「交替要員を出してもらえるんだよね」

「へぇ」

「状況によって異なるんだけど、長い場合には一週間ぐらいは交替要員を出してもらって、その間、横浜の指定の署かあるいは交番に出向にしてもらえる。勤務といっても朝に顔を出すか、連絡しておけばいいぐらいの、実質には休暇みたいなものらしいけど」

「そういうのがあるのね」

「駐在所は休みがあってないようなものだからね。墓参りとかそういうもののためにある仕組みじゃないかな」

確かにそういうものでもなければ、駐在所勤務の警察官は遠くの町へ移動はできませんよね。

「そういえば、縁起でもないけど、親が亡くなってお葬式に行かなきゃならないとかの場合は？」

「それはもちろん、忌引《きび》きが申請できるよ。近くの署からとりあえずすぐに動ける制服警官を回してもらえる」

「そうよね」

いくら国民の生活を守るために存在している警察官だって人間ですからね。

「そういえば、駐在所で犬を飼えないのかなって」

「犬？」

「そう、犬のお巡りさん」

自分で言って笑ってしまいました。周平さんも微笑みます。

「駐在所の番犬代わりにかい」

「ほら、昼間、周平さんが外に出ている間、ちょっとしたときに私が駐在所を離れることも多いでしょ？」

「あぁ、そうか」

そうなんです。細かい話ですけど、おトイレとか二階のお部屋やお風呂の掃除とか、とにかく駐在所の番ができなくなる時間は多くて。

「電話が鳴っても走って取ればいいだけの話だけど、誰かが入ってきて私が気づかないなんてこともないとは限らなくて」

確かにそうだなぁと周平さんも頷きます。

「あまり吠《ほ》えちゃ困るけど、誰かが来たらワン！　って一言鳴いてくれると助かるか」

「そうなの」

「問題は何年ここにいるか、だよね。猫たちは家につくって言うからこうやっていられるけど、犬はなぁ。飼い主が代わったら可哀想かなぁ」

「次の駐在所でも飼えるとは限らないものね」

うん、と、周平さんが頷きます。

「でも、犬はいいよな」

「でしょ？」

周平さんが犬好きなのは知ってます。

「ちょっと清澄さんにも相談してみようかな」

チビやクロやヨネたちがどういう反応をするかちょっと心配ですけど、犬と猫が仲良く暮らしている駐在所もいいなぁと思うんですけど。

九時を回った頃でした。もうお風呂は済ませて、二人でテレビのニュースを観ていたときです。周平さんの机の上の電話が鳴りました。二人で同時にソファから立ち上がって、周平さんが受話器を取りました。

「はい、雉子宮駐在所です」

夜中の電話は滅多に鳴りません。でも、周平さんのお母さんや、私の両親が掛けてくることもあります。

「清澄さん。ええ」

清澄さんですか。周平さんの一瞬緩んだ表情がすぐに引き締まりました。

「今ですか。はい、わかりました。すぐに向かいます。はい。じゃ、鳥居のところで。はい」

「何かあった？」

「山の中で、熊除《くまよ》けの笛が鳴ったのが聞こえたそうだ」

「熊除けの笛」

ここら辺りに熊が出ることは滅多にないそうですけど、山道はそこここにありますから、ほとんどの人は常に熊除けの鈴を持ち歩いています。もちろん、私も山道を歩くときには持ち歩くようにしています。

「声も聞こえたそうだから、誰かが山道で救助を求めているのかもしれない」

周平さんが下駄箱から長靴を取り出しました。

「着替えはいい？」

「いいよ。このままで行く」

「清澄さんも？」

「山小屋の富田さんと坂巻くんも来る。二人は山から下りてきて、僕と清澄さんはふもとから登って行く。どこかで見つけたら笛を吹き合う」

懐中電灯と、軍手を持ち出します。作業用のベルトがありますからそれにロープも小さなシャベルもナイフも取り付けてあります。

「私がヘルメットするね」

工事現場で使うようなライト付きのヘルメットです。これがあると両手が空いてライトで照らせます。

「花さんは駐在所で待ってて」

「もしも大怪我をしていたなら、その場でできることをした方が助かる可能性がぐんと上がるわ。行きます」

周平さんが少し考えて、頷きました。

「わかった。ちゃんと動きやすい格好をして」

「うん」

玄関の鍵を掛けて、〈パトロール中〉の看板を引っかけておきます。すぐに懐中電灯を持って神社の階段を下りてくる清澄さんの姿が見えました。

駐在所を出てすぐ角に神社への階段があり、木でできた鳥居が見えるのですけれど、鬱《うっ》蒼《そう》とした森の中の神社の上、夜空に月が出ていました。都会と違って明りが少ないので、星が本当によく見えます。

「どっちですか!」

周平さんが駆け寄って言います。

「中瀬川の辺りじゃないかって話だ」

「じゃ、向こうですね」

頷いて三人で急ぎ足で向かいます。昼間に琴美ちゃんが蛇に嚙まれた、川沿いの山道です。

清澄さんが笛を大きく吹きました。

「どこだー!」

周平さんが一度大きな声で叫びます。歩きながら皆で耳を澄ませました。

ピイイイ、と笛の音が響きました。

その後に、男の人の声が聞こえます。確かに、ここだー、と聞こえてきました。

「合ってますね。こっちですね」

周平さんが言って、また急ぎます。

上の方から、声がまた響いて来ました。

今、行くぞー、との男の人の声です。

「富田さんですね」

「そうだな」

上から下りてくる富田さんと坂巻くんが早いか、私たちが着くのが早いか。

懐中電灯で照らしながら、一列に並んで山道を歩いていきます。息が切れて疲れてしまっては困るので、ペースを保ちながら歩きます。

「どこだー！」

周平さんが叫んで、笛を鳴らしました。

それに応じて、笛の音がしました。

「河原《かわら》みたいですね」

「山の中じゃあないみたいだな」

二人でそう話します。川に沿って音が聞こえてきたように思うので、そうなのでしょう。

ここに暮らしてきてわかりましたけど、河原での音は文字通り川に沿って流れるようにして聞こえてくるんです。

月明りが辺りを照らします。川沿いの山道を十分も登ったときです。

また笛が鳴りました。

見つけたぞー、という声が響きました。

「すぐ近くですね」

足を速めます。

「河原だー！」

若い男の子の声なので、坂巻くんでしょう。

「河原か」

「もう少し行ったら下りられるところがあるでしょう」

山道から河原に下りるのはほとんど崖《がけ》のようなところも多いので危険ですけれど、ところどころに、安全に下りられる場所があります。ここの人が木と石で造った小道もあれば、子供たちなどがたくさん通って獣道ができあがったところもあります。

「あそこだろう」

懐中電灯の光が見えました。こっちに向かってぐるぐる回しています。三人で獣道を下りていきました。河原の石に注意しながら歩いていきます。

ようやく富田さんと坂巻くんの顔がわかるようになりました。

「民蔵じゃないか！」

清澄さんが言いました。二人に囲まれるようにして、河原に座り込んでいるのは、炭焼き小屋の民蔵さんでした。

「どうしたんだ」

清澄さんが言います。

「足が折れているみたいだ。歩けないって」

坂巻くんです。

「見せてください」

すぐにヘルメットのライトで足を照らします。民蔵さんはもう身体中泥だらけ土だらけになっています。

「右足ですか？」

「あぁ」

「脛《すね》の辺り？」

「そう」

苦しそうに民蔵さんが答えます。意識はしっかりしていますね。脂汗が浮かんでいるのは痛みに耐えているんでしょう。

血は出ていません。ズボンに血も付いていません。

「民蔵さん、ごめんなさい。ズボン破りますよ。周平さん、ここをナイフで切り裂いてください」

「わかった」

ズボンの裾からナイフで切り裂きます。脛が見えました。ライトで照らすと、骨折しているかはわかりませんが、打撲の痕があります。少し腫れてきているようです。

「この辺が痛むのね？」

腫れかかっているところをそっと触ります。民蔵さんが顔を顰めてうんうんと頷きます。まったく歩けないとなると、骨折していると考えた方がいいでしょう。

「閉鎖《へいさ》骨折ね」

皮膚から骨は出ていません。足が変な方向に曲がっていません。もし骨折だとしても、どうやら骨折の中でも最も運の良い折れ方をしたようです。

「副《そ》え木《ぎ》をして固定します。周平さん、ロープを足を縛れるぐらいの適当な長さに切ってください。坂巻くん、富田さん、できるだけまっすぐなそして足の長さぐらいはある太めの木の枝を探してくれますか」

「わかりました！」

坂巻くんと富田さんもすぐに動いてくれました。

「民蔵さん、他に痛むとこはありませんか？」

顰め っ面で頷きます。

「何があった？　何でこんなところで足折った？」

清澄さんが訊きました。それで気づきましたけど、確かにそうです。河原の真ん中ぐらいです。

「いや、それが」

痛むんでしょうね。骨が折れているんですから。

「転んじまって、岩にぶっつけて」

まいった、面目ねぇと、痛さと恥ずかしさからでしょうか。顔を顰めて民蔵さんは言います。周平さんは頷きながら辺りを懐中電灯で照らしながら見ています。確かに、当たり具合によってはよろけて岩にぶつかるだけで、骨が折れてしまうこともあるでしょうけど。

「こんなんでいいかな？」

「ありがとう！」

富田さんと坂巻くんが取ってきてくれた木の枝で、右足を固定します。

「ちょっと痛むけど我慢してね。周平さん、ここと、ここと、ここを縛ってくれる？」

「わかった」

指示した箇所を、周平さんがロープで縛ってくれます。

「このままいちばん近い梶原診療所まで運びましょう。梶原先生に電話しておきましょう」

単純骨折ならば概《おおむ》ね手術の必要はないです。でも、それを判断するのは現役の医師ではない私ではなく、梶原先生に任せるしかありません。

「おぶって、道まで上がるか」

「それがいいな」

「僕は一度戻ってジープで来ます」

皆がてきぱきと動きます。すまねぇな、すまねぇなと、何度も民蔵さんは呟いていました。


電話連絡が上手くいったので、周平さんが民蔵さんをジープに乗せて梶原診療所に着いたときには、もう梶原先生が準備していました。

梶原先生も一目見て閉鎖骨折かな、と言い、念のためにレントゲンを撮って確認することになりました。

看護婦さんがいなかったので、治療は私が手伝いました。まず、服が上から下まで泥だらけだったので全部脱がせて、診療所の寝巻を着せました。

手や足にあちこち擦り傷があります。顔もどうやってそんなふうになったのか、随分と切り傷、擦り傷だらけでした。洗浄や消毒、包帯を巻くぐらいなら私もできます。

「何だってまぁ、富士山から転げ落ちたみたいだな」

重傷ではありませんから、梶原先生も軽口を言います。痛み止めを貰って、民蔵さんも少し楽になったようで、苦笑いで返していました。

梶原診療所は個人病院で、ベッドはひとつしかありません。それも長期入院できる施設ではなくて、あくまでも緊急の場合の簡易的なものです。民蔵さんも明日には田平町の町立病院に移されますので、今晩は一人でここで過ごすことになります。後の処置は梶原先生にお願いして、先に外に出ていた周平さんを追って診療所の外に出ました。

「終わった？」

「うん」

周平さんはひどく汚れた民蔵さんの服をジープの荷台で見ていたようです。これはこのまま民蔵さんの家に持って帰った方がいいでしょうね。

周平さんが、難しい顔をしながら煙草を吹かしています。

「花さん」

「なに？」

「骨折の具合はどうだった？　つまり、程度の問題だろうけど、転んで岩にぶつかって折れたというのは医者としては納得できた？」

何かを考えているようですけど。

「レントゲンも見たけれどヒビが入ったとかじゃなくて間違いなく折れていた。でも、転んで岩にぶつかったぐらいでこんなになるかなぁとは確かに思った」

「そうか」

「でも、本当にそれは一概には言えないから。子供に玩具《おもちゃ》を足にぶつけられて折れたケースもあったし、何とも言えない。医者が見るのは、折れている、という事実だけ」

そうだね、と周平さんが頷きます。

「よし、帰ろう。それと花さん」

ジープに乗り込みながら周平さんが言います。

「ちょっと寝不足になっちゃうけど、僕は明日の朝早く起きるよ」

「どれぐらい？」

「夜明けと共に起きよう」

*

本当に夜が明けると共に起きて、制服を着て長靴を履いて出かけていった周平さんが帰ってきたのは午前七時前でした。

「お疲れ様」

「うん」

民蔵さんが怪我をした河原を歩き回ったんでしょう。長靴が相当に汚れています。

「急がせて済まないけど、ちゃちゃっと朝ご飯を食べて診療所に行こう」

「民蔵さんに会いに？」

そう、と頷きました。

「向こうの病院に移る前に、話をしておきたいんだ」

「わかった」

梶原診療所が開くのは八時三十分です。その前に着いてしまったので玄関にはまだカーテンが引かれて鍵が掛かっていましたけど、もう看護婦さんたちが来て朝の準備をしていました。警察官である周平さんが民蔵さんに話があるんだと言うと、既に民蔵さんが運び込まれた事情は聞いていたらしくて鍵を開けてくれました。

「おはようございます。すみません、朝早くから」

民蔵さんが重篤《じゅうとく》な患者さんなら医者として私も止めますが、骨折だけです。眠っているところを起こして話をしても、まぁ支障はないと思います。

案の定、診察室の横の部屋のベッドで眠っていた民蔵さんを、周平さんは起きるのを待たないで肩を揺すって起こします。

「おはよう、民蔵さん」

民蔵さん、眼をしばたたかせ、一瞬何があったか自分がどこにいるかわからないようでしたけど、すぐにはっきり眼が覚めたようです。

「あぁ、駐在さん」

「済まないね起こして。大丈夫かい？　痛むかな？」

民蔵さん、顔でも擦《こす》ろうと思ったのでしょうけど、手には包帯がぐるぐる巻きです。あぁ、と息を吐いて、周平さんを見ました。

「いや、あぁ、ちっとうずいてるし、かったりいが大丈夫だ」

「お水でも持ってきましょうか」

そこでようやく私がいることにも気づいたようで、民蔵さん、少し微笑んでくれました。

「いや、いいよ。おはようさん」

「おはようございます」

周平さんが、パイプ椅子を二脚持ってきてベッドの横に置いてくれたので、二人で座りました。

「まぁとんだ災難だったね」

「あぁ、面目ねぇな」

民蔵さん、少し済まなそうな顔をします。

「ほんとに皆に迷惑掛けちまって、駐在さんにも申し訳なかったし、奥さんにも」

「いいんですよ。足の骨折だけで済んで良かったですよ。単純骨折だからきれいに骨はくっつきますよ」

うん、と民蔵さんが頷きました。

あちこち擦過傷《さっかしょう》があり、顔も顎《あご》とかをけっこう派手に擦りむいていたので包帯を巻いて、ミイラ男みたいになっていますけど、その辺りは軽傷です。向こうの病院に行って二、三日で包帯も取れるでしょう。

「それでね、民蔵さん」

「あぁ」

周平さんが言います。

「一応、駐在としては、民蔵さんが単独で起こしてしまった事故として本部に報告するので、話を聞かなきゃならないんだ。どうして夜中にあんなところで転んで怪我してしまったのかなどね」

民蔵さんが、小さく顎を動かしました。

「申し訳ねえな。いや、ほんとに大層な理由なんかねんだ。夜まで小屋で仕事してて、で、まぁただぶらっと川まで行って涼んでさ、そのまま家に帰ろうと思っただけでさ」

「そうか」

「それで、うっかりけつまずいちまって、まさかこんなことになるとはね」

恥ずかしそうに苦笑いして民蔵さんは言います。周平さんがそれに頷いて、それからずい、と前に出て顔を近づけ訊きました。

「じゃあね、民蔵さん」

「おう」

「どうして足を折った後に、随分と長い距離、河原を移動したのかな」

民蔵さんの唇が急に真一文字に結ばれました。

「陽が昇ってから現場をきちんと調べてきたんだ。民蔵さんを見つけた場所は河原のほぼ真ん中だった。そこでどうやって転んだとしても、そんなふうに足を折るような場所には思えなかったんだよね」

昨日も話しましたけど、確かにそうなんです。余程ひどい転び方をしたのかなと思ったんですけど。

「折れたその足で、随分無理して移動したみたいだね。ひょっとしたらもっとひどい重傷になっていたかもしれないのに。動いた跡がはっきりとわかったよ。這《は》いずるみたいにして移動したところもあったね。何よりもさ」

持ってきた、昨日の夜のままの民蔵さんの服を、周平さんは見せました。

「服に、必要以上に泥がついていてポケットなんか小石や砂利が随分入っていた。転んで足を岩に打ち付けただけじゃあ、そんなに泥がついたり小石や砂利がズボンやシャツのポケットに入ったりしないよね？」

「それは」

民蔵さんが、口ごもりました。

「助けてもらおうと思ってよ。できるだけ、村に近づいた方がいいって思ってよ。必死だったんだよ」

うん、と、周平さんは頷きます。

「それはまぁ、わかる。でも、民蔵さん。他の理由もあったんじゃないかな」

他の理由ですか。

周平さんが、持ってきた紙袋を床からベッドの脇の台の上に載せました。ゴトン、と何か重い物が入っている音がしました。ジープに積んであったので何だろうとは思っていたんですけど。

「民蔵さんが移動した跡を、川岸についていた這った跡や足跡から辿《たど》ったんだ。そうしたら、はっきりとわかったよ。民蔵さんは、山道から川岸への斜面を滑り落ちてしまったんだよね？」

唇を結んで、民蔵さんは何も言いません。

「隠しても駄目だよ。どこから民蔵さんが落ちたかも見たらすぐにわかったよ。跡がついていたし、低木や草は随分折れたりしていた。その顔の傷は滑り落ちている最中に、ついたんだよね？　転んだだけではそんなふうに傷はつかない。確認したんだ。川岸近くの低い崖のようになっているところをね。そしたらね」

一度言葉を切りました。周平さんが民蔵さんを鋭い眼で見つめます。

「その場所の近くに小さな穴を見つけたんだ」

民蔵さんの表情が変わりました。

「誰か人の手で、木や草でカモフラージュするように、その穴はうまく隠されていたよ。きっと何かの時に小さな地滑りがあって、元々そこにあったものが出てきた穴じゃないかな。人一人が、屈んでようやく入れるような穴だった。明らかに誰かが入って少し掘った跡もあったよ」

じっと周平さんを見ている民蔵さんですが、唇が少し震えています。

「考えたんだ。きっと民蔵さんは夜中にここに来ようとしたんだけど、うっかり滑って落ちて怪我してしまった。このままここで発見されると穴が誰かに見つかってしまう。それは絶対に避けたい。だから、折れた足で必死でそこを離れて。そして大声を出して、笛を鳴らして救助を呼んだ」

そういうことだったのでしょうか。

民蔵さんは黙っています。

「それでね民蔵さん。そこまでしたのはどうしてだろうっていろいろ考えたんだ。穴の中もしっかりと観察して、それである結論に達して、申し訳ないけど、炭焼き小屋の中を勝手に見せてもらった。これは、そこで見つけたんだ」

紙袋の中に手を入れて周平さんが出した物は、ゴツゴツと尖った大きめの石でした。ソフトボールぐらいの大きさはあるでしょうか。

でも、その石は、金色に輝いていました。

民蔵さんが慌てたように腕を伸ばそうとしましたが、包帯でぐるぐる巻きなのに気づいて途中で止めます。

「金塊《きんかい》？」

思わず言ってしまうと、周平さんが笑いました。

「冷静であらなきゃならない医者である花さんでさえ、この通りだ。民蔵さんが間違えるのも無理はない」

「間違いだぁ？」

民蔵さんが、眼を丸くして、勢い良くベッドの上で身体を起こし、ようやくといった感じで声を出します。

「間違いだよ民蔵さん。これは、金塊じゃないんだ」

「違うんですか？」

私が訊くと、周平さんは頷きます。

「〈愚《おろ》か者の金〉だよ」

「愚か者の金？」

「黄鉄鉱《おうてっこう》のことだね」

「黄鉄鉱？」

「文字通り、黄色の鉄鉱石だよ。この通り、ちょっと見には金塊に見えるだろう？　昔からね、金を掘り当てたと勘違いして大喜びする連中がいたので、そう呼ばれるようになったんだ」

「金、じゃないのか」

民蔵さんの眼がうつろです。唇が震えています。

「残念だけど、金塊じゃない。どうしてそんなことを知ってるかというと、以前にも事件で扱ったことがあるからだよ」

そういうことだったのですか。

「もちろん金塊ではないと言っても、鉄鉱だから資源であることは間違いないけど、これだけで売れるもんじゃない。仮にあそこに黄鉄鉱の資源が大量に眠っているとしても、山の持ち主は県だ。発見者が大金を手に出来るわけじゃない。まぁ、これぐらいのものなら勝手に持っていっても誰も文句は言わないし、変わった石の置物として、千円二千円、高くて三千円ぐらいで買う人がいるかもしれないけれど」

「千円」

呟くように民蔵さんが繰り返しました。それから、大きな溜息をついて、ゆっくりとベッドに倒れていきました。

ぼんやりと、気が抜けたようにして天井を見つめています。

「本当なんか。本当に、金塊じゃなく、黄鉄鉱ってもんなのか」

「疑うんなら、これを然るべきところに持っていって鑑定してもらうんだね。日本中どこで調べてもらっても、誰もが黄鉄鉱だって言うよ」

また、民蔵さんが溜息をつきました。

「そんなもんのために、こんな怪我しちまった」

「そうだね」

周平さんが優しく言います。

「確認するけど、これのために、あの穴を誰にも見られないようにするために、蛇を大量に捕まえて放したりしたね？」

民蔵さんは小さく顎を動かしました。

「化け物を見たって噂を流したのもそのためだね？」

「そうだ」

すると、あれですか。

「じゃあ、川の水が濁ったって話は」

うん、と、周平さんが頷きました。

「あの穴の上にあった木が根本から崩れて、地表に出たときのものだったんだろうね。それが川に落ちて水が濁ったんだ。民蔵さんはたまたまそれを近くで目撃したんじゃないかな？」

「その通りだ」

そういうことだったのですか。

周平さんが、少し険しい顔をして民蔵さんを見ました。

「化け物の噂はともかくも、蛇を集めて子供たちを怖がらせて、誰も通さないようにしようとしたのは、やり過ぎた。現に琴美ちゃんは嚙まれてしまった。いくらここら辺の子供たちは蛇に慣れてるとは言ってもひどい話だ。そう思うだろ？」

低い声で言います。こういう話し方をするときの周平さんは本当に怖いと私も思います。

民蔵さんは、眼を閉じ、うんうんと頷きました。

「皆にも迷惑さ掛けちまった。本当にわりいことしちまった」

民蔵さんが、顔を傾けて、周平さんを見ました。

「俺さ、捕まるか。駐在さんに。なんか、詐欺《さぎ》とかそんなで」

周平さんが苦笑いします。

「確かに騒がせて迷惑を掛けたかもしれないけど、誰かを騙《だま》して金品を儲《もう》けたわけじゃないしね。逮捕なんかしないよ」

「そうなのか？」

頷きました。

「誰にも言わないでおくから、足が治ったら助けてくれた皆を集めて、鍋《なべ》でも囲みながら酒でも奢るんだね。子供たちには、今度のお祭りのときに綿飴《わたあめ》でも買ってあげるといい。あとは、これからも真面目に働こう」

「いいのか」

民蔵さんの眼が少し潤んでいます。周平さんが、民蔵さんの折れた足をそっと触って、笑います。

「山の神様のバチが当たったんだから、警察の出る幕はないよ」

〈今日のことも、周平さんは日報に書かないでしょう。だから、私も詳しくは書きません。でも、人はちょっとしたことで正しい心を失ってしまうかもしれない。そのことは、自分の戒めにするためにも書いておきます。

毎日、きちんと真面目に、自分の仕事をしっかりやって暮らしていきましょう。それが人としてあたりまえのことなんだと思えるようにしましょう。辛いことや悲しいことや苦しいことがあったなら、誰かに頼ったりなぐさめてもらえるように、自分も周りの人に優しくする。お互いに助けあって生きていく。

そういう生き方をすることで、誘惑に負けない強い心を育て、持ち続けていられるようになるのだと思います。〉

秋　日曜日の釣りは、身元不明

〈昭和五十年十月五日　日曜日。

人生には、どうにもならないことが突然に起こってしまうものだというのは、わかっていました。

私のこの右手の指が動かなくなったのもそうです。自分のせいだとか、傷つけてしまった人のせいだとかはもう考えません。どうにもならないことが起こってしまったんだと思うようになっています。怪我や病気だってそうです。私が数多く診《み》てきた、手術してきた患者さんたちも、まさか自分がこんな病気や怪我をするなんて思ってもみなかったはずです。

平和なこの雉子宮にだってたくさん人の暮らしがあって人生があって、そうして、どうにもならない出来事が起こってしまうものなんです。災難のようなことが降り掛かってしまうことがあるんですね。考えると、溜息が出てきます。〉

木々の紅葉が少しずつ始まっていって、毎日窓から外の景色を眺めるのが楽しみになっていました。山と川に囲まれていますから、どこを向いても見ても風に揺れる葉を茂らせる木々があって、それが季節の変化と共に色づいていくのをこんなにも日々感じられるのは生まれて初めての経験です。

いつか慣れていって、今年もいつも通りって思うのかもしれませんけど、でも自然の変化が毎年同じなんてありえませんよね。

今日は日曜日。いつもより少しのんびりと起きて、台所のテーブルで朝ご飯です。白いご飯に、頂いたさつまいもとタマネギを入れたお味噌汁。卵焼きにはピーマンとじゃがいもと魚肉ソーセージを混ぜ込んで焼いて、お豆腐には早稲ちゃんが作った自家製のお味噌を載せて。あとは、納豆にぬか漬けに焼海苔《やきのり》です。

クロとヨネが足下でごそごそと動いています。チビが周平さんの背中のところに乗っかって、何か貰えないものかと覗き込んでいます。秋になって部屋の中の空気が冷えてきたせいなのか、あるいは猫たちも私たちをすっかり飼い主だと認めてくれたのか、こうやって甘えてくることが多くなりました。

まぁ今は朝ご飯の残りをねだっているだけでしょうけど。

「絵でも描けたらいいなぁって思うわ。紅葉の山なんて」

「絵か。いいね」

周平さんもそう言います。

「でも、絵は上手だったの？」

「上手、だったように思う」

「思うって」

周平さんが笑います。

「写生は上手だったと思うのよね。こう、見たままを写して描くっていうのは。でも、何か好きなものを描けって言われると全然駄目だったように思う」

「あー、僕もそうだったかな。あれだよね。猫を見ながら描くとそれなりにきれいに描けるけど、想像して描くとなると途端に変な生き物になるタイプ」

「そうそう」

芸術的なセンスはまるでないかもしれません。

「観察眼はあるんだけど、絵心はまるでないのかも」

「だから医者とか警察官になったのかな」

「あら、医者にだって想像力は必要よ」

「警察官にも必要だけど、そこに芸術的な感覚は必要ないかもしれないな」

まぁ、そうかもしれません。

「絵の具でも買ってくるかい？」

「あ、でもね、絵の具はね、学校にあるって」

学校？ と周平さんはちらりと窓の方を見ます。窓の向こうには山の中腹に小中学校が見えます。

「そりゃあ学校にはあるだろうけど」

貰うわけにはいかないだろうって言います。

「違うのよ。予備でね、必ず絵の具のセットを置いてあるんだけど、絵の具って放っておくと固まっちゃうんだって。だから忘れた生徒なんかに使わせるんだけど、それでも残っちゃうんだって」

「それを使っていいって？」

そうなんです。

「使わないと絵の具も可哀想だから、写生とかしたくなったらいつでもどうぞって。二宮《にのみや》先生が言ってた。何だったら画板も筆とかも一式貸しますよって」

「それはありがたいね」

日曜日は休みですけれど、駐在所を二人で長い間留守にするわけにもいきません。ここに来て半年になりますけど、まだ一度も二人で村を離れて買い物なんかに行ったこともありません。

でも、日曜日にその辺で絵を描くぐらいだったら、何かあったらすぐに戻ることもできます。

「じゃあ、僕が写真を撮ったりしている間に」

「そう、私は風景画を描いていたりして」

ゆっくりと二人で休日を楽しむこともできるかもしれません。それも、右手の指を動かす訓練にもなるでしょう。

「画用紙ぐらいは自分で買わなきゃね」

「あ、それもどうぞ持ってって、って。学校でまとめて買ってるから、仕入れ値でお分けしますよって」

二人で笑いました。田舎の暮らしは、確かに都会に比べると不便だなと感じるところはありますけど、その代わりに皆で助け合ったり融通し合ったり、知恵を出し合ったりがあります。

物がないなら作る、ということもあります。この間も、電話を机に置いておくと不便に感じることがあって、くるくると回る台のようなものがあって、その上に置けば二人でも使いやすいと話していたら、二軒向こうに住む高畠《たかはた》さんがあっという間に木切れを使って作ってくれました。農家の人たちは本当に何でも器用にこなしてしまいます。

周平さんが制服を着ない日曜日。

お天気も良いですし、特に買い物もありません。絵の具を借りに行くのは平日にするとして、二人でのんびりと周平さんの趣味であるカメラを持って散策してもいいでしょうか。

「うん？」

周平さんがふいに何かを聞きつけたように玄関の方を見ました。

「おはようございます！」

勢い良く走り込んできたのは、良美さんです。

康一さんの奥さん。

「どうしたの⁈」

息が切れています。額に汗が浮いて髪の毛が貼り付いています。ずっと走ってきたみたいです。玄関先で立ちつくし、胸に手を当てて呼吸をしています。

「川で、人が」

「落ち着いて良美さん。深呼吸して」

立ち上がって迎えた周平さんが言います。良美さん、本当に長い距離を走ってきたみたいです。息を整えて、喋れるようにしようとしています。

「お水飲んで。ゆっくりね。一口ずつ」

すぐに水を入れたコップを渡します。こういうときにいきなり飲むと空気と一緒に水が気管に入ってしまって、咳き込む原因になります。

良美さんが頷きながら、コップを受け取って一口飲みました。まだ息は荒いです。あ、でもそういえば良美さん、高校生の頃は陸上部に入っていて長距離だったって言っていましたね。

「川で、人が倒れているんです！」

人が？

「どこの川？」

「川音川の上流です！　うちの人が見ています」

周平さんの表情が引き締まります。

「怪我していた？」

「わかりません。まったく動いていませんでした」

少し考えました。救急車を呼ぶかどうかを考えていたんでしょうけど、川音川の上流なら車で三分も掛かりません。

「花さん、救急セットを持ってすぐに行こう」

「うん」

早稲ちゃんに電話をして留守番を頼みます。川ならば長靴も必要でしょう。良美さんも長靴を履いていますから、康一さんと川まで行っていたんでしょうか。

周平さんが身支度を整えて、すぐにジープに飛び乗ります。

「良美さんも乗って！」

「はい！」

良美さんを助手席に乗せて、私は後ろの荷台に座りました。ジープを発進させると同時に、神社の階段を下りてくる早稲ちゃんが見えたので、手を振って合図してお願いね、と頭を下げました。

「良美さん、ゆっくりでいいから、倒れている人を発見した状況を教えて」

良美さんが頷きました。

「康一さんと二人で歩いて山小屋へ行こうとしていたんです。富田さんがキノコの採り方や見分け方を教えてくれるというので」

山小屋の管理をずっとしている富田さんは、山のことなら何でも詳しいです。私たちにも採ったキノコをわけてくれることがよくあります。

「そうしたら、康一さんが、途中で河原に何かがあるのに気づいて、なんだあれって」

「それが、人間だった？」

「そうです。私はそのまま山道を急いで下りて知らせに来て」

「わかった」

良美さんはその人を確認していないんですね。

川音川沿いの山道をジープで走っていきます。ここは山小屋にも通じるところなので、ずっと車で走っていくことができます。

「もうすぐです！」

良美さんが腕を上げて前の方を示しました。周平さんがスピードを緩めます。

「あそこ！」

見えました。

顔は分かりませんが、河原に三人の人が集まっています。

そして、その中心に、男の人が一人横たわっているのもわかりました。

道には山小屋のトラックも停まっていました。その前に、周平さんがジープを停めます。車を降りて、河原に通じる小道を歩いていきます。ここは整備された道ではなくて、いつの間にかできあがっている獣道です。でも、あちこちに木や石が埋め込んであって、滑らないようにうまく歩いていくことができます。

「気をつけて。滑らないように」

「うん」

周平さんが私の手を取って、転ばないように慎重に獣道を歩いていきます。私は後ろにいる良美さんの手を取りました。河原まで下りて、ゴツゴツした岩と石に足を取られないようにして、石の上を歩いていきます。

ようやく誰が集まっているのかがわかりました。康一さんの他に、山小屋の富田さんと坂巻くんです。

「花さん」

難しい顔をして康一さんが私を呼んで、下に横たわっている人を示しました。やや太り気味の中年男性です。

「うん」

頷いて、すぐに脇にしゃがみ込んで、男性の脈を見ます。

脈がありません。

呼吸もしていません。心臓に手を当て、それから耳を当てます。まったく動いていません。閉じている眼を指先で開けました。瞳孔《どうこう》が完全に開いています。何よりも、指に、腕に、硬直が始まっていました。

「見つけたときには、もう息がなかったよ」

康一さんが言います。良美さんは康一さんの後ろに隠れるようにして少し怯《おび》えています。それが普通の反応ですね。死体を見ても平気でいられるのは医者と看護婦と警察官ぐらいでしょう。

「花さん、どう」

周平さんが言うので、顔を上げて首を横に振りました。

「駄目です。もうお亡くなりになっています」

どうしようもありません。発見時には間違いなく亡くなられていたんでしょう。

「どれぐらい経っているかわかる？」

「はっきりとは言えないけど、一時間か二時間か」

「そうか」

溜息をついて、ゆっくりと立ち上がります。医者は、亡くなられた方には何もできないのです。ただ、皆と同じように、手を合わせてご冥福《めいふく》を祈るしかありません。

私がそうすると、皆もそうしていました。

「良美さんに聞いたけど、最初に見つけたのは康一だって？」

合わせた手を下ろして周平さんが言うと、康一さんが軽く頷きました。

「そうだ」

康一さんが頷きました。

「びっくりしたぜ。最初はあの道から見えて」

康一さんがジープを停めた辺りを指差します。

「最初は毛布かなんかが転がっているのかと思ったんだ。でも、よく見たら人じゃないかってさ。こりゃまずいんじゃないかって慌てて良美を駐在所に呼びに走らせて、俺はここに下りてきてさ。でも、手遅れだったよ。そのときにはもう冷たくなっていた」

少し顔を顰めます。頷きながら周平さんが屈み込んでご遺体の様子を見ています。

「発見したときには、どういう体勢だった？」

「うつぶせ。こういう感じで」

康一さんが手を上げて広げて、少し下を向きました。

「うつぶせか。じゃあ息をしているかどうかを確認するために、ひっくり返したんだな？」

「そう、それぐらいは大丈夫だと思ったんだが、そうだよな？」

「大丈夫だよ」

褒められるようなことではないでしょうけど、康一さんは前の職場で、殺人事件や悲惨な事故の現場を、数多く見てきたと話していました。ある意味ではこういうことにも慣れているんだと思います。

ご遺体の男性は明らかに釣りをしに来た格好をしています。そこに落ちている釣竿はきっとこの人のものなのでしょう。

「康一が発見して、どれぐらいで富田さんと坂巻くんが来たんですか？」

三人が顔を見合わせました。

「たぶん、二分も違わないと思う」

富田さんが言います。

「二分ですか？」

それは、ほとんど同時と言ってもいいですね。

「富田さんと坂巻くんは何故ここに？」

それはな、と、富田さんが言いました。

「本当の意味での第一発見者は、ひょっとしたら圭吾かもしれねえな」

「坂巻くんが？」

周平さんに、坂巻くんが頷きます。

「山小屋から何気なく双眼鏡で辺りを見回していたんです。そうしたらここの河原に人らしきものが見えて、叔父さんに言って二人で車で来たんです」

「そうですか」

「走っている最中に、佐久間くんが河原に下りてったのはわかった」

そうでしたか、と周平さんが頷きます。

「村の人ではないですよね？」

私も見覚えがないと思っていました。富田さんも、坂巻くんも、もちろん康一さんも良美さんも頷きます。

「まったく見たことない男だな」

富田さんが言います。

「登山者でもないですね？」

「違うね。今日は誰からも登山の届けはない。もっとも」

少し唇をへの字にしました。

「知ってるだろうけど、別に届けを出さなきゃ山に登れないわけじゃないかんな」

その通りです。ここは西沢山系登山の入口にはなっていますけど、雉子宮にある山はどれもそんなに高い山じゃありません。

その気になれば女性でも簡単に日帰りで登って下りてこられる山です。山小屋も、登山や釣りに来た人が食事をするところと、数人が泊まれる簡易宿泊所になっているだけの小さなところです。

「花さん、すまないけど外傷がないかどうか調べてくれるかい？」

「はい」

頭を探ります。顔に痕がついていますけど、これは倒れたときに河原の小石にぶつけたのでしょう。傷にもなっていません。髪の毛を探りますが、どこにも血がついていたり傷があったりはしません。他にも、蜂とか虫に刺されたり、あるいは蛇に噛まれたような箇所もありません。

「手にも外傷はなし。服にも切られたり穴が開いてる箇所もなし。すみません、ちょっとひっくり返してもらえますか。ゆっくりと」

周平さんと康一さんが二人でご遺体を裏返します。

「後ろにも、特に何もないですね」

「ないね」

着衣も汚れてはいますけど、川の水で濡れてはいません。周平さんが少し首を捻って何かを考えていました。

「花さん、この状態で考えられる死因は?」

「心疾患《しんしっかん》、あるいは脳疾患ね。心臓発作とか、あるいは脳梗塞《のうこうそく》とか」

口の中も見てみましたが、特に色が変わったりもしていませんから毒死でもないようです。

「もちろん、服を脱がせてみなきゃわからないけど、蜂に刺されたようなところもなさそうだわ。外傷もまるでなし。何よりも、周りには大きめの石もあるのに、頭や顔にも傷がついていない。つまり、急に倒れたのではなく、ゆっくりと倒れたってことになるわね」

「心臓発作が起きて、苦しみながらその場にゆっくりと、崩れ落ちるようにって感じかな」

「そういうふうに考えられるわね。あくまでも、現段階ではだけど」

正確なところは解剖《かいぼう》してみなければわからないし、解剖しても原因不明なこともあるのですけど。

「体格からして、肥満の傾向は明らか。心臓に負担が掛かる毎日を過ごしていたと考えても不自然じゃないと思う」

「うん。皆さんちょっとそのまま待ってて」

周平さんがご遺体のポケットなどを探り始めました。釣りのジャケットのポケットの中に財布がありました。中を開けて、周平さんが確かめます。

顔を顰めました。

「現金しか入っていないね」

「強盗とかではないってことか」

康一さんが言いますけど、周平さんが首を傾げました。

「いや、その他のものが何も入っていないっていうこと」

その他のもの、ですか。

「免許証も何もないんだ」

続けて周平さんはあちこち探りましたけど、釣りの道具しか見つかりませんでした。

「まったくの身元不明ってことになんのか」

富田さんの言葉に、周平さんが頷きます。

「今のところはですね。皆さんに一応、確認します。これも僕の仕事ですから気を悪くしないでくださいね。誰も、このご遺体から身に付けていたものを取ったりはしていませんね？　それはそれぞれが確認できますよね？」

　また三人が顔を見合わせます。

「疑われてないとは思うけど、何も取ってないぜ」

　康一さんが言います。富田さんも、坂巻くんも同時に頷きました。

「保証する。三人とも死んでいるのを確かめただけだ。俺らが来ているのを佐久間くんもわかっていたし、着くのを待っていた。その間ずっと見ていたんだ」

　富田さんが言うと、坂巻くんも頷きました。

「間違いないです。康一さんは、息をしていないのを確かめていて、後は僕たちが来るのを少し離れて待っていました。僕も保証します」

　真剣な表情で坂巻くんは言います。

「わかりました」

　周平さんが大きく頷きました。

「すみませんね。こんなこと皆さんに訊いちゃって」

「いや」

　康一さんが言います。

「警察官としては当然の質問だろう。誰も気を悪くなんてしないよ」

「助かる」

それから、周平さんはゆっくりと辺りを見回しました。山道のところにもう人が何人か集まってきていました。清澄さんの顔も見えます。周平さんが手を上げて、そこから動かないでくださいと指示を出しました。

「この人」

坂巻くんが言って、ご遺体を指差して周平さんを見ました。

「もしもこのまま身元不明だったら、どうなるんでしょうかね」

「どうなるとは？」

「いや、ほら、保管っていうか、そういうのはできないでしょ？」

周平さんが坂巻くんを見つめて、少し考えてから言います。

「身元不明のままだと、そのまま火葬されて無縁仏《むえんぼとけ》になってしまうね」

「あ？　そうなんだ」

康一さんが少し驚きました。

「そうなんだよ。可哀想な気もするだろうけど、警察としては身元不明である以上はどうしようもないんだ。だから」

周平さんは坂巻くんに向かって言います。

「今回の場合は遺留品に現金があったから、それを費用にして自治体で葬儀を行ってしまう。ちゃんと供養するからそこは心配ないよ。無縁仏にされてしまうのは可哀想だけどね」

「そうですか」

小さく言って、坂巻くんは唇を少し引き締めました。それから、周平さんが見つめているのに気づいて、ちょっと首を傾げました。

「や、前にもそんな話したからです。叔父さんと。山で死んでる人がいたとして、身元がわからなかったらどうするのかなって」

あぁ、と、富田さんも頷きます。

「話したことはあるな。今までそんなことはなかったけどな」

登山者で死亡事故は今まで起こったことはないと聞いています。小さな怪我ならいくつもあって、その度に富田さんと坂巻くんは、怪我人を町の病院まで運んだりもしていたそうです。

「富田さん、山小屋には担架がありますよね」

「あるぞ。そこのトラックに積んである」

「さすがです。申し訳ないですけど、それを持ってきて、このご遺体を長瀬寺まで運んでもらえないですか。僕の方から昭憲さんには伝えておきますから」

「わかった」

富田さんが頷きました。

「坂巻くんも手伝ってくれるかい？」

「はい、わかりました」

「僕は一度駐在所に戻って本部に電話して指示を仰いでから戻ってくるので、康一と良美さんは、それまでここに誰も立ち入らないように見張っててもらえるかな」

「了解。まかしとけ」

「念のために、じっとして動かないようにね。後で足跡なんかも確認したいんだ」

康一さんがオッケーと大きく頷きました。

「でもいいのか？　本部の指示なしで勝手に死体を動かしても」

「事件性はまったくないと判断できるからね」

周平さんが頷きながら言いました。

「まったく想像もできない殺し方があるのなら話は別だけど、明らかに事故だからね。現場を確認さえしておけば大丈夫だ」

「私はどうしようか」

少し考えて周平さんは頷きました。

「花さんは司法解剖の経験もあるよね」

「あるけど」

今は無理です。この手ではご遺体をきれいに切る自信はありません。周平さんもわかってる、と続けました。

「でも、ひょっとしたら、市内の病院に運んで、全身の所見だけお願いすることになるかもしれない。身元不明の場合は遺族の確認ができないから、解剖しないで死因をはっきりさせなきゃならないことがあるんだ。一緒に戻ってそのまま駐在所で待機していて。早稲ちゃんにそのまま留守番をお願いするかもって伝えておいて」

「わかりました」

駐在所に戻って周平さんはすぐに電話で本部に連絡を取っていました。その間に私は留守番をしてくれていた早稲ちゃんに事情を説明すると、驚いていました。

「坂巻くんもいたんだ」

「いたわよ。第一発見者みたい」

「そうなんだ！」

眼を丸くしていました。

「山小屋から双眼鏡で辺りを眺めていたときに見つけたんだって。坂巻くんはよくそういうことしてるの？」

「してる。山に異常はないかとか、そういうのを毎日いつも確かめているって」

やっぱり早稲ちゃん、坂巻くんのことをよく知っているんですね。

電話で相づちを打っていた周平さんが受話器を置きました。

「どうなったの？」

「遺体の特徴を提出してから行方不明者の届けを確認して、割り出しをしてもらうけど、しばらく時間は掛かるね。こっちで誰も見覚えがないことを確認し終わったら、遺体は松宮市の総合病院に運ぶよ。車は手配済み。そこで検視もしてもらうから、花さんはもう大丈夫。花さんの所見も伝えておいたから、たぶんそのまま心筋梗塞《しんきんこうそく》ってことになるんじゃないかな」

「解剖はしないの？」

「事件性がまったく感じられないからね。たぶん、服を全部脱がしても遺体には損傷も外傷もないだろうし」

そうなりますか。

「早稲ちゃん」

「はい？」

「見知らぬ人の、ご遺体を見ても大丈夫かな」

早稲ちゃんがちょっと眼を大きくした後に、唇を引き締めて頷きます。

「これでも神主になる身です。大丈夫です」

「申し訳ないけど、一緒に長瀬寺に行って、ご遺体の顔を見てもらえると助かるんだ。できるだけ多くの人に見覚えがないかどうかを確認してほしいから」

「わかりました」

一度駐在所を閉めて、すぐに戻りますという札も下げて、早稲ちゃんと三人でジープに乗って長瀬寺に向かいました。

お寺の前には車が何台か停まってましたから、他にも誰かが確認に来ているんでしょう。私と早稲ちゃんを下ろすと、周平さんがドアを開けて言います。

「僕は現場を確認してからまたここに戻ってくる。早稲ちゃんは清澄さんたちが帰るんなら一緒に神社に戻っていても構わないけど、花さんは悪いけど警察の車が到着して遺体を運んでいくのを確認してもらえるかな。あと、皆さんの話を聞いておいて。見覚えがないかどうか」

「わかった」

ジープが走り去るのを見てから、早稲ちゃんと一緒に本堂に上がっていきました。

本堂には、住職である昭憲さん、清澄さん、そして「村長」の高田さんと、富田さんに坂巻くんがいました。

「おう、早稲ちゃんも来たのか」

高田さんが言います。皆で、本堂の隅にある火鉢のところで固まっていました。広い本堂は寒いですからね。

「蓑島さんに言われて、一応ご遺体の顔を確認しに」

早稲ちゃんが言うと、皆が頷きます。ご遺体はほぼ中央の蒲団に寝かされていました。毛布が掛けてあり、顔には白い布が掛けられています。

「後から供養されるんだろうけどね。一応、経は唱えておいたよ」

手を合わせて昭憲さんが言います。早稲ちゃんがご遺体に近づこうとすると、坂巻くんが先にご遺体の傍に行って、顔の白布《はくふ》を取りました。

早稲ちゃんが頷いて、手を合わせてから覗き込みます。唇を引き締めて、真剣な顔で見つめました。

「まったく見覚えない」

後ろにいた私に言いました。

「わかった。周平さんに伝えておくね」

こくり、と頷きます。坂巻くんと早稲ちゃんも顔を見合わせて、白布を元に戻して皆で下がりました。

まぁお茶でも飲みんさい、と、昭憲さんがお茶を淹れてくれました。皆で火鉢の周りに座り、何とも言えない雰囲気が流れます。普通は、こんな経験は一生に一回もないでしょう。

「花さん」

「はい」

清澄さんです。

「私も昭憲もね、村長も誰も見覚えがなかった。この三人がわからんのだから、少なくとも村の関係者じゃない」

「都会のもんじゃろう？」

高田さんが言います。

「たぶんですけど」

服装からしてそうだと思います。

「村の人間の親戚とかな、そういうんは大体はわかっとる。遊びに来とるとか、そういうんはな。あんな洒落た格好で釣りに来るんいう人間の知り合いがいるなんていうのは聞いたこともない。よそもんで、釣りにやってきた酔狂《すいきょう》な男で間違いないさ」

そういうことになるんでしょう。

「よそもんの行き倒れなんて、滅多にないというか、初めてだなぁこんなことは」

清澄さんが顰めっ面をして言います。

「釣り雑誌なんかに出たからかもな」

富田さんです。

「そうなんですか？」

「そうです」

坂巻くんが頷きました。

「今年の夏にここの釣り場が載ったんですよね。それから新しい釣り人が増えちゃって」

高田さんが頷きました。

「釣り場もなぁ、痛し痒《かゆ》しさなぁ。釣りする連中が来て賑わうのはいいったって雉子宮になーんの得もない。ただ魚が減って釣り場が荒れるだけでよぉ」

「まぁ荒れるほどにはまだ増えてはいないけどな」

清澄さんが頷いて続けます。

「何か釣り人相手の商売が村でできればいいが、そもそも釣りするんは魚を獲りに来るんで、金を落とそうとか思っとらんからな」

「釣り堀とかにすれば別だがな」

富田さんです。

「釣り堀って、川をか」

「そうよ。川に何ヶ所か石積んで塞《せ》き止めてよ。天然の池を何ヶ所かに作っておいて、岩魚とか捕まえておいたもんを放して、それを釣らせるんだ」

「そういう商売やってるところは他のところにもうありますから」

坂巻くんも頷きながら言いました。

「なんほどな。けどそれで金になるんか」

「まぁ、それだけじゃあ無理だろ。あとは一緒にキャンプ場とかな。そっちの方を考えなきゃあどうにもならんけどな」

「そういう施設がここにもできたらいいんですけどね。そうしたら働ける環境が増えて、若い人も出て行かなくなるかもしれないし」

坂巻くんです。数少ない若い男の子ですから、いろいろ考えているみたいですね。そんな坂巻くんを見る早稲ちゃんの眼は、やっぱりこれは付き合っている者同士じゃないかって感じます。

「まぁここに予算を使おうなんてなぁ、誰も思わんからな」

清澄さんです。周平さんはときどき夜に呼び出されて、村の集まりで一緒にお酒を飲んだりしています。もちろんちょっとだけですけど。その中でも話に出るのはこの雉子宮をもっと豊かなところにしたいけど、どうにもならないという話です。

まだ農家がたくさんあるので寂《さび》れた村とまでは言えないですけれど、若者がどんどん都会に出ていってしまうのは事実。

横浜という都会からやってきた周平さんに、あれこれと話を聞いてくる人も多いようですね。

「さて、じゃあ帰るとするか」

　高田さんが腰を上げます。

「送っていこう。早稲は？」

「あ、私は花さんと帰る。周平さんが戻ってくるから」

「そうか」

　一緒に立ち上がった富田さんに、坂巻くんが言います。

「俺は残りますよ。もし何かあったら、男手は必要でしょ」

「そうだな。そうしろ」

　皆で一度ご遺体に手を合わせて、本堂を出て行きました。

「昭憲さんもいいですよ。私たちが見ています」

「そうか。なら、頼むな」

　いろいろとお勤めもあるでしょう。昭憲さんも一度庫裏《くり》の方へ戻っていきました。残ったのは私と早稲ちゃんと坂巻くん。

「一気に平均年齢が若くなったね」

　ちょっと冗談を言ってみましたけど、早稲ちゃんも坂巻くんも苦笑いしただけでした。

　確かにご遺体と同じ部屋でばか笑いもできませんけど。

「坂巻くんは、富田さんの甥っ子なんだって？」

「そうです」

小さく頷きます。

「小さい頃に親父が死んじゃって、母親も、何だか後を追うみたいに。で、叔父さんは昔は炭焼きやってたんですけど、土地やらなんやら全部売っ払って山小屋建てて、俺を引き取ってくれて。それからずっと」

「そうなんだ」

「まぁ、小さい頃からずっと一緒にいたから、もう一人の親父みたいなもんです」

少し淋しそうに笑みを見せながら言います。その横で早稲ちゃんも静かに頷いていました。

「お姉さんが東京で亡くなられたって」

あ、と、いう顔をして私を見ました。

「そうなんです。誰かから聞きました？」

「神社の裏の、美千子ちゃんから。私に似てるって言ってた」

あぁ、と、坂巻くん少しばつが悪そうに、恥ずかしそうに笑いながら頭を掻きました。

「そうなんですよね。や、実は前から思ってたんだけど、そんなの言うの何か悪いなって思って」

「私も」

早稲ちゃんが、ちょっと肩を竦《すく》めてから笑みを見せます。

「会ったときからずっと思っていたんだけど、やっぱり死んじゃった人に似てるっていうのも何かなって、黙ってた」

「気にしなくていいのに。私に似て美人だったんでしょ？」

三人で笑って、でも、いけないいけないと声を潜めました。

「でも、絢子姉ちゃん背は高かったよね」

「うん」

「私と比べたら皆背が高いよ。言ってなかったけど、私手術するときに台の上に載ったこともあるんだから」

「本当に？」

くすくす笑います。恥ずかしいけど本当なんです。そういえば坂巻くんも、周平さんほどではないですけど背が高くてすらっとしています。

「ご家族がいなくなっちゃって、淋しかったね」

言うと、少し眼を伏せ坂巻くんは頷きます。

「叔父さんもいるし、村の皆は小さい頃からよくしてくれるし。清澄さんも面倒みてくれたし」

そう言って微笑みました。

けど。

「早稲ちゃんもいるしね」

二人で顔を見合わせてから、私を見ます。うふふ、とわざとらしく声を出してみました

「や」

二人して慌てたようにしましたけど、車の音が聞こえてきました。

「あ、車が来た」

誤魔化されちゃいましたけど、間違いないですね。早稲ちゃんがあんなに顔を真っ赤にしたのを初めて見ました。

「ご苦労様です」

車は、ライトバンです。警察車両ですね。

「途中で蓑島巡査と会って話してきました」

スーツを着た方と、もうお一人は制服警官でした。

「そうですか」

「すぐに、引き取ります」

ご遺体を袋に入れて運んでいきます。坂巻くんも手伝って、車の後ろに入れます。

「それでは、失礼します」

私たちに敬礼して、車に乗り込んでいきました。

「ご苦労様でした」

頭を下げて、そして手を合わせました。

「ああいうのは警察が運ぶんですね。救急車が来るもんだって思ってた」

去っていく車を見ながら早稲ちゃんが言うので頷きました。

「救急車はね、明らかな死体は運ばないのよ。警察の担当がやってきて運んでいくの」

「そうなんですね」

坂巻くんも、呟くように言います。

そして、何かを思うように、大きく溜息をつきました。ひょっとしたらお姉さんの死亡を確認するのに、東京に行ったときのことを思い出したのかもしれませんね。

周平さんが迎えに来てくれて、駐在所に戻るともうお昼になっていました。日曜日のお休みなのに、もう一日分働いたような気がします。

「ご飯は、食べられる？」

周平さんに訊きました。

「大丈夫だよ。報告事項をまとめるだけだし」

「おうどんでいいかな？　鶏肉とタマネギ入れて、かしわうどん」

「いいね」

私はおうどんだけで充分ですけど、周平さんには朝のご飯の残りがありますから、それでおにぎりも作りましょう。

駐在所のテーブルにおうどんを運んで、二人で向い合ってお昼ご飯です。

「あれから周囲をかなり探したんだけどね」

周平さんが言います。

「うん」

「やっぱり何にもなかったんだ。身元が判明する物が何ひとつない」

「じゃあ、本当に財布と釣り道具だけ」

そう、と、周平さんは頷きます。

「一応、歩いて入れる範囲の川の底なんかも見てきたけど、何もなかった」

「それ以上の川の捜索はする？」

いや、と、頭を振りました。

「これ以上はしないかな。事件なら別だけど、身元不明の事故死の死体がひとつ出たっていうだけで終わっちゃうな」

「そうなのね」

ご遺族にしてみれば納得はいかないでしょうけど、そもそもご遺族がいるのかどうかもわかりません。

「いちばんの疑問はね」

うどんをすすってから、周平さんが言います。

「うん」

「車がないんだ」

「車？」

そういえば。

「雉子宮に来るのには、バスがある。釣りに来る人が乗ってくることもあるけれど、それは近隣の人たちだけだと思うんだよね。それにあの身元不明者は、けっこうなお金持ちじゃないかと思うんだ」

「着ていた服とかででしょう？」

それはさっき見たときに私も思いました。セーターひとつとってもいい素材のものでしたから。

「そう。現金もかなり持っていたし財布も高級な革財布だった。だったら、自分の車でここまで来ていてもおかしくはないと。富田さんに釣竿を確認してもらったけど、それも高いものだったんだ。けっこう使い込まれているから釣りはベテランじゃないかって。だったらもっと道具があってもいい。釣竿の予備とか、履き替える靴とか、魚を入れて帰る箱とか着替えとか。そういうものがひとつも見つからなかった」

「そういうものを持ってきているとしたら、車で来ていないのはおかしいわね」

「そういうこと。遺体はあの河原で身ひとつで倒れていた。それは、他の道具を全部車の中に置いといたからじゃないかって推測されるんだけど」

「でも、車がないんだ」

うん、と、難しい顔をして周平さんが頷きます。

「もしも、車が隠されたとしたら、どういうことかわかる？」

「え？」

周平さんがおにぎりを食べます。

「財布から免許証を抜き取ったのと同じことだよ。身元をわからないようにしたんだ」

「そっか、車のナンバーから」

そういうこと、と、周平さんが頷きます。

「とりあえず推定年齢と服装や身体的特徴は全部本部に送って、身元不明者届けや捜索願の確認をしてもらったけど、今のところ該当者はいない。この後各都道府県にも書類を回すけれども、届けがあるかどうかはっきりするのは一週間後かなぁ」

「でも、そもそも今の段階では捜索願が出ていないわよね。だってただ釣りに来ただけなんだから。朝に着いたとしてもまだ数時間しか経っていない」

「その通り」

大きく頷きます。

「家族がいるとしても、捜索願が出るのには二、三日ぐらいは掛かるだろう。大の大人なんだからね。早くても今日の夜だ」

「でしょうね」

「出したとしてもどこに釣りに行ったか知らなかったら、たとえば東京の人なら近くの警察署に出しても、それがここまで回ってくるのには時間が掛かる。もしも、家族がいない独身ならもっと届けに時間が掛かるかもしれない。年齢的に、もう会社勤めを引退しているかもしれないから、ひょっとしたら何ヶ月も何年も届けも出ないで放っておかれるかもしれない」

「ご家族も親族もいないっていう場合もあるわよね」

「あるね」

そういうことになるのでしょう。私は五十代と見ましたけど、人の年齢は本当にわかりません。もっとご老人で、一人暮らしで周囲との付き合いもなかったら、周囲の誰もその人がいなくなったことに気付きませんから。

「それにしても」

周平さんが唇を歪めます。

「身元を示す物が全てなくなっているっていうのは、どうしてなのかが本当にわからないんだ」

「免許証を持っていないってことも考えられるわよね？」

「もちろん可能性はある。でも、あの革財布には、明らかに現金以外の何らかのものが入っていた跡があった。それは間違いないように思えるんだよね」

「それは」

まさか。

「抜き取ったのは、この村の人ってことになっちゃう？」

「何とも言えない。でも、あの男性の知人が一緒にやってきて、あそこに死体を放置していくなんてことは、かなり考えにくい。人目につかない場所ではないからね。かといって、村の人間がそんなことをするなんていうのももっと考えにくい。あの男性との繋がりがどこにあるんだって話になるね」

「高田さんが、村の人の知り合いじゃないだろうって言っていたけど」

「僕もそんな気がしている」

嫌な考えが頭に浮かんでしまいます。

「言いたくないしどうやったかはまったくわからないけど、殺人ってことも考えられる？誰かが殺して、身元がわからないようにしたってことは？」

「いや」

それはどうかな、って周平さんは言います。

「殺人じゃないことは遺体の状態から明らかだと思う。未知の毒を使ったとかじゃない限りね。それに、殺しておいて身元がわからないようにするなら、どうして肝心の死体を放っておくのかなって」

「あ、そうね」

「そうなんだ。康一たちが発見するまで誰にも見つからなかったんだ。山の中なんだからいくらでも死体を隠すところはあるし、何だったらそのまま川に流せばいいんだ。そうすれば誰にも見つからずに海まで流れていくかもしれない。だから、身元をわからないようにして、なおかつ死体を放置する意味がまったくわからないんだよ」

確かにそうです。

「じゃあ、殺人じゃなくて本当に単なる自然死で、車では来ていなくて、身元を示す物が何もないっていう、妙な偶然ってことかしら?」

「それも、不自然なような気がするんだよね」

「不自然ね」

周平さんが困惑するのもわかります。

「ひとつ、考えられることはあるんだけど」

「なに?」

周平さんが顔を顰めます。

「財布から何かが抜き取られていたのは、事実なんだ。間違いないと思う。免許証とか名刺とか何かのカードとかね。それが、あの河原で行われたかどうかはわからない。でも、もしもそうだとしたら、発見者である誰かが抜き取ったことになる」

発見者は。

「康一さんか、富田さんか、坂巻くんってことになるけど、三人とも何も取っていないって確認したわよね」

「あの場ではね」

「あの場では？」

「もしも、康一が発見する前に、他の誰かが見つけていたとしたら？」

わからないです。

「どういうこと？　坂巻くんが双眼鏡で見つけたって言ってたけど、そのこと？」

周平さんが、どんぶりを持ち上げてお汁を飲んでから、うん、と頷きます。

「とりあえず、身元不明の死体が見つかり、事件性はまったくないということだけは確か。だから、それで報告書を仕上げて本部に持っていく。後は、もう少し様子見かな」

様子見。

他に何かがあるんでしょうか。

＊

周平さんが報告書を仕上げて本部に出かけている間は、いつものように日曜日が過ぎていきました。美千子ちゃんや昭くんが本を読みに来て、ご遺体が見つかった話をききたがりましたけど、ただの事故だったんだよ、と言って済ませました。

周平さんが戻ってきたのは、夕方。六時を回っていました。

「お疲れ様」

「ただいま」

休みですけど本部まで行ったので制服は着ていきました。装備を外して上着だけ脱いで、やれやれとソファに座りました。

「特に何もなく？」

「うん」

煙草を取り出して、火を点けます。

「免許証などが見当たらないのは確かに変だけど、死因に不自然なところは見当たらないし、やっぱり事故であることは間違いないだろうってこと、今のところは」

「今のところはってことは」

「そうだね。身元を確定する作業は継続中ってことだよ」

　バイクのエンジン音が聞こえてきて、周平さんが顔を外に向けました。その音が、駐在所の前で止まりました。

「誰か来た？」

　二人で玄関を見ます。

「こんばんはー」

　戸を開けて入ってきたのは、康一さんです。

「こんばんは」

「どうも」

「今日はお疲れ様でした。どうしたの？」

　康一さん、ヘルメットを脱ぎながら、ニヤリと笑って中に入ってきます。

「蓑島さんに、お使いを頼まれていてね」

「お使い？」

　康一さんに何を頼んだんでしょうか。周平さんが頷いて、まぁ座ってとソファを勧めます。康一さんがよいしょと座り込むので、私は周平さんの隣に座りました。

「何か出てきたのか？」

　周平さんが訊くと、康一さんが少し難しい顔をして頷きます。

「まさかと思っていたんだけどな。車のタイヤの跡を見つけた」

車、ですか?

「どこで?」

「参月沼」

「参月沼か!」

周平さんがパン! と腿を叩きました。

「俺も驚いたんだけどさ。あいつ、夕方に一人で出掛けていったんだよ」

「参月沼にか」

「そう。あんなところに行く用事なんかないだろ? なのに一人でさ、周りをきょろきょろ見ながらさ。暗くなってきていたから危ないったらありゃしないけどさ、何とか付いてったよ」

あいつって。

「誰?」

康一さんが唇をへの字にしました。

「圭吾だよ」

「坂巻くんが?」

どうして参月沼なんかに。

「確認したら、参月沼のまわりに、タイヤが草を踏みつけていった跡があったぜ。沼のほとりまでずっと続いていた。あんな踏み跡はそのまんま車を沼に沈めないと付かない」

「車はあったのか」

「まさか沼まで入れないから、車が本当に沼ん中にあるかどうかは確認できなかったけどさ。あそこに車で行く馬鹿はこの村にはいないだろうさ。間違いないさ」

確かにな、と、周平さんが腕組みします。

「しかしよく車で行けたなあんなところ」

「びっくりだけどさ。まぁ普段から山ん中歩き回ってる圭吾だからできたんだろうな。あちこちをさ、車でここまでなら入れるとかってルートを思い描いていたんじゃないのか？遭難者を助けるための準備とかでさ」

「そうだな。坂巻くんはそういう奴だな」

坂巻くんが、普段から真面目に仕事をしている男の子というのには同意ですけれど。

「どういうことなの？」

何を話しているのかまるでわかりません。

周平さんが少し息を吐いて、私に言います。

「朝、康一に現場を見ててもらっていたろう？　その後に頼んだんだ。坂巻くんのことを見つからないように見張っててくれって」

「どうして？」

「彼は、遺体の処理をどうするのかって僕に訊いていたじゃないか。そのときの表情が妙に気になってね。何かあるのかなって思った。それに、本人も認めていたけど、彼が実質上のあの遺体の第一発見者なんだ。康一の少し前に見つけたって言っていたけど、双眼鏡で見つけたってことは、そのずっと前に発見していても全然おかしくはない」

　ずっと前に見つけた。

「じゃあ、見つけて一人で遺体を確認しに行って、そして身分証明になるものを全部隠して、車まで沼に沈めたってこと？　坂巻くんが？」

「その可能性が、高くなった」

　周平さんが顔を顰めて言います。

「どうしてそんなことを？」

「それはまったくわからない。これから聞かなきゃならないけど。何か、坂巻くんのプライベートなことを花さんは知らないかな？　早稲ちゃんとかに訊けばいろいろわかるんだろうけど」

　個人的なこと。

「お姉さんが東京で病気で亡くなったって。そのお姉さんは私に似ていたって」

「似てる？」

「そう。早稲ちゃんも言ってた」

「お姉さんがもう死んでいるのは知っていたけど、花さんに似ているのか」

でも、それは今回のことにはまったく関係ないと思いますけど。

「それ、少し違うな」

康一さんです。

「何が違うんだ」

「俺もその話は前に聞いたよ。や、正確には良美がさ、新田のババさまから話を聞いたんだけどさ」

「新田のおばあちゃん」

「そう、新田のババさまはあそこんちの親戚だよ。富田さんのいとことかなんとか。ババさま、良美のことをえらく気に入ってさ。随分良くしてくれるんだけどさ。で、圭吾のアネキが死んだのは病死じゃなくて、東京に出ていって何だか男と不倫《ふりん》して騙されて、それで自殺したって話だぜ」

「自殺?!」

それは。

「知ってる奴は少ないかもしれないけど、それこそ警察から電話が来たんだって。それで圭吾が一人で東京まで行って、骨になっちまった姉さんを抱えて帰って来たってな」

坂巻くんのお姉さんが、自殺。

周平さんの溜息が聞こえました。

「病死ってことにしたんだろうな」

「そうね。子供たちはそんな話しなかったし、きっと早稲ちゃんも何も知らないのかもしれない」

知っていたら、私に似ているなんて話をあんなふうには言えないはず。

「お姉さんの、東京での死、か」

周平さんが腕組みします。

「それにひょっとしたら繋がっているのかな」

今回の、身元不明のご遺体が。

「康一、嫌な役目を頼んじゃったけど」

「気にすんな」

康一さんがニヤリと笑います。

「俺を助けてくれたみたいに、圭吾も助けたいんだろう？　車のことはもちろん、何もかも墓場まで持っていく秘密にするさ。誰にも言わないよ」

「助かる。ついでに、坂巻くんを呼び出してもらえるか。僕がここに呼び出すと皆に変に誤解されるかもしれないから」

「オッケー。どこに呼ぶかな。俺ん家《ち》にするか?」

康一さんが柱時計を見ます。

「ちょうど晩飯も終わる頃だろ。若いもん同士でたまには飲まないかって誘いに行ってくるぜ」

「頼む。頃合いを見て、家に行くよ」

「わかった」

「良美さんにもよろしく言っておいて」

承知、と、拳を軽く握って、康一さんは出て行きました。

小一時間もした頃に康一さんの家に、周平さんと二人で出向きました。ここに来た春頃には本当に荒れ果てていた佐久間家も、すっかり見違えるようにきれいになっています。

中から明りが漏れて、賑やかな笑い声も聞こえてきました。

康一さんがうまく誘って、良美さんと三人で楽しくお酒を飲んでいるんでしょう。

「こんばんはー」

私が声を掛けて、玄関を開いて中に入っていきます。

「おう!」

土間の横にある居間から康一さんが顔を出します。

「お疲れさん。待ってたぜ」

「お邪魔します」

この家には囲炉裏《いろり》がまだ残っていて、炭が熾《おこ》っています。もちろんストーブもありますけど、まだこの時期には囲炉裏の熱で充分かもしれません。その炭は民蔵さんが作っているものでしょう。

「お疲れ様だったね」

囲炉裏端でグラスを持って、にこにことお酒を飲んでいる坂巻くんが、周平さんに言われて軽く手を振りました。

どうやら、まだ何も聞いていないようですね。周平さんが、坂巻くんの向い側に座りました。良美さんが周平さんにウィスキーの水割りを作ってくれて、そのまま台所の方へ向かいました。私は周平さんの隣に座ります。

「どうもお疲れ様」

軽く乾杯をします。

「坂巻くん」

「はい」

「酔う前に、ちょっと話をしたいんだ」

坂巻くんが、少し眼を大きくさせて周平さんを見ます。それから、眼をしばたたかせ、ゆっくりと息を吐きました。グラスの中のウィスキーを一口飲みました。

「何となく、そうかなって思ってました」

「そうなんだ」

「佐久間さんが家で飲もうなんて誘ってきたの初めてだし。蓑島さんも花さんも来るってさっき聞いたときに」

きっと坂巻くんは仕事もできる勘の良い子だと思うんです。だからなんでしょう。周平さんもゆっくりと頷きました。

「じゃあ、単刀直入《たんとうちょくにゅう》に訊くよ。君は、あの身元不明者が誰なのかを知っているね？」

「はい」

はっきりと、坂巻くんは言って頷きました。

「名前は？」

「金田芳郎《かねだよしろう》です」

金田芳郎さん。

「東京の人かな？」

「そうです」

周平さんが、小さく頷きました。

「君と金田さんの関係は？」

坂巻くんは、少し下唇を噛むようにして、それから口を開きました。

「あいつは、姉ちゃんを自殺に追いやった男なんです」

じっと聞いていた康一さんが、眼を細めました。周平さんも唇を歪めます。

「どこでそれを知ったんだ？」

「東京で姉ちゃんが住んでた部屋に写真がありました」

「写真？」

坂巻くんが、後ろに手をやってジーパンのポケットから財布を取り出しました。そこから、何かを引き出します。

引き出したものは写真でした。

囲炉裏ですから、鉄瓶《てつびん》があって正面からは渡せません。それを、横にいる私に回してきたので、そのまま周平さんに渡しました。

康一さんも腰をずらして、覗き込みます。

そこには、恰幅《かっぷく》のいい男性が写っていました。どこか外で、河原のようなところで写した写真です。ひょっとしたら、これもどこかに釣りに行ったときの写真なんでしょうか。

「確かに、あのご遺体の男だな」

康一さんが言います。そしてその写真には、一緒に女性も写っていました。

「これが、お姉さんかい？」

周平さんが訊くと、坂巻くんは頷きました。自分で言うのも何ですけど、確かに私に似ています。

「お姉さんは、自殺だったのかい？」

坂巻くんは、大きく息を吐きました。

「姉は、身元不明の死体になっていたんです」

「何だって？」

周平さんと康一さんが思わず声を上げました。私は、思わず上げそうになった声を、右手で口を押さえてました。

「アパートの大家さんから電話があったんです。新聞が溜まっていてたぶん二週間近くも姉は部屋に帰っていないって。驚きました。姉は、家出同然で東京に出ていって、どこに住んでいるかも僕は知らなかったんです」

「そうだったの？」

こくん、と、頷きます。

「でも、大家さんに緊急の連絡先は伝えてあったんです。それで電話が掛かってきて、慌てて僕が東京に行きました。姉の部屋を開けてもらうと、誰もいませんでした。大家さんの言う通り明らかにしばらくの間誰もいない部屋だってわかりました。それで、すぐに警察に行ったんです」

「それで、身元不明の死体があるとすぐにわかったのか？」

　周平さんが訊くと、いいえ、と首を横に振りました。

「姉の写真と特徴とか書いて全部持っていきました。その日は何もわからなくて、届けだけ出して、僕は姉の部屋に泊まることにしたんです。そうしたら、次の日に警察から電話がありました。東京湾で見つかっていた身元不明の女性の死体が、姉の特徴と一致しているって。写真も撮ってあるからって」

　静かに坂巻くんは言いましたけど、どんなに苦しかったでしょうか。思わず私は自分の胸を押さえてしまいました。

「遺体の写真は見たのか」

「見ました。間違いなく、姉でした」

「発見されてから何日目だったんだ」

「十日が経っていました」

「それじゃ、もう」

　康一さんが言うと、坂巻くんは頷きます。

「火葬されて、骨になっていました。遺体に不審な点は何もなくて、おそらく飛び込んだであろう埠頭《ふとう》から揃えた女性の靴が見つかっていて、サイズも同じだったって。そこに女性が一人で立っていたっていう目撃証言もあって、入水《じゅすい》自殺だったんだろうって警察は言ってました。身元を示すものが何もなくて、服とか靴からの遺留品からも何も辿れなくて届けも出ていなくて、そのまま無縁仏になっていたんです」

周平さんを見ると、小さく頷きました。そうなるだろう、ってことです。

「それに、部屋を探したら、遺書はなかったんですけど日記があったんです。そこに、死にたいみたいなことは書いてありました」

「この男に騙されたんじゃないのか？　こいつのせいでお姉さんは自殺したんだろ？　そこは警察は何も言わなかったのか？」

康一さんです。坂巻くんは、グラスを置いて、少し悔しそうに顔を歪めました。拳を、腿の上で握りしめました。

「名前は、日記に何度も書いてありました。金田芳郎さんって。一流会社の重役で、結婚してるそうだけど、奥さんと別れて一緒になってくれるって。私は金田さんの奥さんになれるって。でも、それだけだったんです。それだけなんです。日記にそう書いてあるからってだけでは、男の写真があるだけでは、事件性がない以上警察は何もできないって」

周平さんも顔を歪めました。

「姉ちゃん、仕事は何をやっていたんだ」

康一さんが静かに言います。

「わかりません。家を出てから何の連絡もなかったんです。大家さんの話では水商売だったんじゃないかって」

康一さんが顔を顰めます。

「そんなもんだ警察なんか。蓑島さんには悪いけどよ。夜の商売の女が一人自殺したところで親身になってなんかくれねぇんだ」

「済まない。その通りだ」

周平さんが言って、少し悔しそうにします。

「東京では、毎日のようにいろんな事件が起きている。自殺と断定できたのなら、それ以上のことをしようとはしない。できない」

済まない、と、もう一度周平さんは繰り返して坂巻くんに言います。

坂巻くんは、いいえ、と小さく言います。

「僕は何もできなくて、ただ姉ちゃんの骨を持って帰ってきました。結局姉ちゃんは何をしに東京に出たんだって。ここにいるのを、こんな田舎の暮らしを嫌がって勝手に一人で出ていって、何を勝手に死んでるんだって怒ったんだけど、でもやっぱり悔しくて。でも、名前と顔しかわからない男を捜しようもなくて」

坂巻くんの眼が少し潤んでいます。

「それで、今朝、か」

周平さんが言うと、大きく頷きました。

「びっくりしました。朝の散歩をしていたんです。いつもの日課です。そうしたら河原に人が倒れているのを見つけて慌てて駆けつけたらもう死んでいて、でも顔を見たら、姉ちゃんの写真に写っていたあいつだってわかって」

私たちもこの写真を見て、一目で判断がつきました。坂巻くんの驚きは、想像できます。

「財布を探ってみたら免許証があって、名前が金田芳郎で、間違いなく姉の日記にあった人だってわかって。どうしてここに釣りに来たのかさっぱりわからないけど、こいつか！　って頭に来て。でも死んじまったら仏さんなんだからぶん殴れないし、蹴飛ばせもしない。頭の中がぐちゃぐちゃになって、ふっと、こいつも姉ちゃんと同じように身元不明の死体になったらどうなるんだろうって。姉ちゃんと同じように、そのまま誰にも知られないで焼かれて骨になるんじゃないかって考えて」

「それで、身元がわかるものは全部隠したのか」

こくり、と、坂巻くんが頷きます。

「車もあったから、それを参月沼に沈めたのか」

「そうです」

ふぅ、と、坂巻くんは大きく息を吐きます。そして、背筋を伸ばしました。置いたグラスを持って、ぐいっと一気に呷《あお》りました。

「とんでもないことしたっていうのは、わかってます。どこかで蓑島さんにはわかっちゃうかもとも、思ってました」

すみませんでした、と、頭を下げます。

「自分でもわかんないけど、すっきりしたんです。車を沈めたときに、あぁこれで俺は姉ちゃんが勝手に死んだことにケリをつけられるかなって。だから、逮捕されても、いいです」

まっすぐに、周平さんを見つめました。言葉の通り、何も迷いはないように思えます。

周平さんは坂巻くんを見つめた後に、頭を掻きました。

「困ったなぁ」

のんびりと言います。皆が、うん？　と、周平さんを見てしまいました。

「何が困ったんだ」

康一さんです。

「車をさ、あの沼から引っぱり上げるのはどう考えても無理なんだよ。あそこは相当深いだろう？　引っ張り上げる重機を積んだトラックなんかあの場所にはどうやっても入れない。入れるためにはそれこそ山を切り拓かなきゃならない」

少し考えて、康一さんも頷きました。

「確かに、無理だな」

「無理だろう？　ましてやあそこは濁りがひどくてダイバーが潜ったって何も見えやしな

い。そもそもダイバーが潜ること自体が危険な沼だって話だ。ってことは、車を沈めたっていう坂巻くんの証言を裏付けるものを手に入れる手段は何もないんだよ」

周平さんの言葉に、康一さんがニヤリと笑いました。

「確かにそうだな。ってことは、今、圭吾が言ったことは酔っ払いの戯言《たわごと》ってことになっちまうか」

「え」

坂巻くんが、思わず身体を動かして驚きます。

「いや、でも」

「まだ、間に合う」

周平さんが腕時計を見ました。

「まだ金田さんは火葬されていない、今から身元が判明したって僕が電話したら間に合うだろう。それでご遺族が引き取りに来てくれる。どうやって身元が判明したかは」

少し首を傾けて、坂巻くんを見ました。

「君のことだ。免許証や何かは捨てないで保管してあるんじゃないか?」

坂巻くんは、頷きました。

「あります。僕の部屋に隠してあります」

「じゃあ、それがどこぞの草むらから発見されたことにしよう。どうしてそんなところからってのは、この辺には悪戯者《いたずらもの》の狸やら狐やらなんやらが多いからってことにすればいい。車は」

一度言葉を切ります。

「まぁそれこそ行方不明ってことにしよう。警察側からの見方をするのなら、通りすがりの人間による車両盗難事件として処理されるだろうけど、盗まれたと判断する証拠もないから捜査もできない。するとしても僕が村中回って皆から知らないって話を聞いたことにしてそれで終了だ。見つかるはずもない。見つからないものはどうしようもない」

「でも」

困ったように言う坂巻くんを、周平さんは軽く手を上げて、止めました。

「君は、自分がしたことをわかっている。僕は、どうしてそんなことをしてしまったのかを理解できた。それでいいと思う」

「俺もそう思うぜ」

康一さんが、笑みを浮かべながら言います。

「気にすることなんかねぇ。お前が姉貴を失ったことに比べたら、車の一台や二台だ」

私は、ふぅと息を吐いて、頷くしかありません。小さいけれども、罪は罪だと思います。でも、これから続く若い坂巻くんの人生を考えると、それでいいような気もします。

「坂巻くん」

「はい」

「君はお姉さんの供養をしたんだ。それがこれで終わったということにしよう。そう思おう」

周平さんが微笑みながら言って、大きく頷きました。坂巻くんは、はい、と、頭を下げました。

「とはいえ、やったことはやったことだ。君がそれを反省して、正しく生きていくかどうかを僕は見ているからね」

その坂巻くんの肩を、康一さんがポン！ と叩きました。

「大したことねえって、俺なんか強盗で指名手配されたんだぜ」

「えっ?!」

坂巻くんがびっくりして顔を上げました。

「あ、言っちまった」

「お前は、どうして言うかね」

周平さんが言って、私も思わず笑ってしまいました。坂巻くんは笑っていいものやらどうしたものやら、きょろきょろ私たちの顔を見ています。

「まぁ飲め！ ガンガン飲め！ そろそろ早稲ちゃんと付き合ってるって白状してもらうぜ。あ、蓑島の旦那はその一杯で終わりな」

「何だよ旦那って」

良美さんも、向こうから出てきました。私と眼が合って、ほっとしたように微笑み、康一さんの隣に座ります。

「じゃー、私も一杯だけ貰おうかな。良美さんも飲もう」

「おっ、いいですね。圭吾、早稲ちゃん呼ぶか？」

「あぁじゃあ本部に電話した後、神社に電話するよ」

周平さんが立ち上がります。

「いや、ちょっと待ってください」

慌てる坂巻くんに、皆が笑いました。

明日は月曜日。

またいつもの、でも、新しい一週間が始まります。

〈またひとつ、周平さんが日報には書かない出来事になってしまいました。管轄区域内で遺体が発見されたとはもちろん書くでしょうけど、それ以上のことは何も報告しないはずです。

私もです。身元不明の遺体発見というこの雉子宮始まって以来の大きな出来事の中に、誰にも知られない小さな細波《さざなみ》が立ちましたけど、自分の過《あやま》ちを認められるんですからきっと大丈夫です。

悲しさも辛さも何もかも、乗り越えられます。そう信じていますし、私たちもできるだけのことはしてあげるつもりです。〉

エピローグ

冬がやって来る前に、〈雉子宮駐在所〉に犬がやってきました。白くて可愛いまだ生まれて三ヶ月の子犬です。秋田犬の雑種で、そんなには大きくならないはずだと言っていました。

私が犬を飼いたがっていることを知った坂巻くんが、知り合いのところに生まれた子犬を貰ってきてくれたのです。

男の子です。

「可愛いー！」

駐在所で一緒に犬が来るのを待っていた早稲ちゃんも、抱っこして顔を押し付けます。

子犬は嫌がりもしないで早稲ちゃんの顔をぺろぺろ嘗めています。

猫たちがどういう反応をするか心配だったんですけど、さっそくヨネもチビもクロもこっちにやってきました。後でご対面させてあげましょう。

「名前は？　あるの？」

早稲ちゃんが子犬を抱っこしたまま。坂巻くんに訊きました。

「まだ付けていないって。花さんと蓑島さんの好きな名前にしてください」

「うん」

私は頷いて、周平さんを見ました。

「もう決めてるの？」

早稲ちゃんが言います。

「決めてるよ」

周平さんが微笑みながら言って、早稲ちゃんから子犬を受け取り、自分の顔の前に持ち上げます。

子犬はつぶらな瞳で周平さんを見つめています。尻尾を振っていますから、怖がってはいませんよね。

「お前の名前は、ミルだ」

「ミル？」

「ミル？」

早稲ちゃんと坂巻くんが同時に言って、少し首を傾げました。

「どういう意味？」

周平さんが、私にミルを渡してくれました。

「見つめる、の、ミルよ」

「見る！」

ポン、と、早稲ちゃんが手を叩きました。

そう。見る、の、ミルです。

「これからずっと私たちと一緒に、皆を見つめていくの」

雉子宮の皆の暮らしを、平穏な日々を守るために。

『駐在日記』二〇一七年一一月　中央公論新社刊

中公文庫

駐《ちゅう》在《ざい》日《にっ》記《き》

2020年2月25日　初版発行

著　者　小《しょう》路《じ》幸《ゆき》也《や》

発行者　松田陽三

発行所　中央公論新社
〒100-8152　東京都千代田区大手町1-7-1
電話　販売 03-5299-1730　編集 03-5299-1890
URL http://www.chuko.co.jp/

DTP　平面惑星
印　刷　三晃印刷
製　本　小泉製本

Published by CHUOKORON-SHINSHA, INC.
Printed in Japan　ISBN978-4-12-206833-9 C1193